로크미디어가
유혹하는
재미있는 세상

ROK
MEDIA
로크미디어

예지몽으로 히든랭커 15

2022년 2월 11일 초판 1쇄 인쇄
2022년 2월 16일 초판 1쇄 발행

지은이 이현비
발행인 김정수 강준규

기획 이기헌 왕소현 박경무 강민구
책임편집 백승미
마케팅지원 배진경 임혜솔 송지유 이영선

발행처 (주)로크미디어
출판등록 2003년 3월 24일
주소 서울시 마포구 성암로 330 DMC첨단산업센터 318호
Tel (02)3273-5135 **편집** 070-7863-8595 **Fax** (02)3273-5134
홈페이지 rokmedia.com **E-mail** rokmedia@empas.com

값 8,000원

ISBN 979-11-354-6415-7 (15권)
ISBN 979-11-354-9382-9 04810 (세트)

예지몽으로
히든랭커

이현비 게임 판타지 장편소설 ⟨15⟩

CONTENTS

보상

　리치가 돔 밖으로 나온 순간, 가온은 부서진 고대 마법진 안으로 잠입했다. 그 안에서는 신성력만 사용할 수 있었기 때문에 사제들만 들어올 수 있었지만, 가온도 신성력을 쓸 수 있기 때문에 들어온 것이다.

　돔 안에 있던 흑마법사들은 정신이 없는 상태라 가온이 안으로 침투하는 것을 발견하지 못했다. 이렇게까지 밀릴 거라고 예상하지 못했던 것이다.

　이미 동료 중 상당수는 로그아웃을 해 버렸는데 그들은 챙길 것들이 남아 있었다.

　돔 안으로 들어간 가온은 곧바로 돔의 천장으로 날아올랐다.

　'홀리레인이면 되겠지.'

성수는 아직 많이 남아 있었다.

가온은 카오스와 합작으로 홀리레인 마법에 준하는 현상을 순식간에 만들었다.

"크아아악!"

"뭐야? 설마 벌써 돔이 깨진 거야?"

"로그아웃해!"

성수에 맞은 언데드들이 끔찍한 비명을 지르며 고통에 몸부림치고 흑마법사들은 공황 상태에 빠져 황급히 로그아웃을 시도했다.

하지만 그들이 로그아웃을 하는 것보다 시퍼런 전격이 돔 안을 가득 채우는 것이 더 빨랐다.

츠즈즈즈.

돔 안은 그야말로 전격의 지옥으로 변해 버렸다. 돔 바닥이 물바다가 될 정도의 양이었기에 마누가 방출한 전격과 가온의 뇌전신공의 위력은 최대로 높아진 것이다.

플레이어들로 짐작되는 흑마법사들 대다수는 아이템만 남기고 흔적도 없이 사라졌고, 언데드들은 시커멓게 타더니 결국 가루로 변해 버렸다.

쉽게 깨지지 않을 것이라고 생각했던 고대 마법진이 깨진 것에 충격을 받고 혼란스러운 상태에서 홀리레인과 전격 공격까지 이어지자, 돔 안에 남은 흑마법사들과 언데드들은 그로기 상태가 되었기 때문에 정리하는 것은 어렵지 않았다.

물론 그런 전격에도 아직 살아 있는 존재들도 있었다. 키메라들과 세 명의 흑마법사였다.

흑마법사들은 흑마력은 물론 아이템까지 동원해서 세 겹의 막을 만들었는데, 전격에 막이 사라지기 무섭게 새로운 막이 생성되고 있었다.

키메라 중에서는 원래 항마력이 있는 트롤과 오우거가 베이스가 된 키메라들이 살아남았다. 이어진 공격으로도 소멸시키지 못할 정도로 괴물이 된 것이다.

그들은 어떻게든 리치가 이곳 상황을 파악하고 도우러 오기를 간절하게 바랐겠지만 부질없는 기대에 불과했다.

가온은 파르를 검사처럼 길고 날카로운 연검처럼 만들고 검기를 둘러 세 겹의 검은 막은 물론 흑마력을 거의 소모한 흑마법사들과 키메라들을 원형을 알아볼 수 없을 정도로 난자해 버렸다.

아무리 리치가 빠졌다고 하더라도 돔이 본진이었던 만큼 남아 있는 흑마법사들과 키메라의 전력이 강할 것으로 생각하고 전력을 쏟았던 가온은 허탈할 정도의 결과였다.

'마지막까지 남은 것들이 왜 이렇게 약해?'

아무튼 가온이 그렇게 흑마법사와 키메라를 정리하는 동안 그의 부탁을 받은 모둔은 돔 안에서 라이프베슬과 차원석이 숨겨져 있던 비밀 장소를 찾았다.

'수고했어!'

─뭘요. 이 정도는 일도 아닌 걸요. 그런데 이게 리치의 라이프베슬인가요?

모둔이 라이프베슬에 흥미를 느꼈다.

'맞아.'

─혹시 제가 연구를 해도 될까요?

'그래. 차원석도 같이 챙겨 가.'

왜 흥미를 가졌는지는 알 수 없지만 라이프베슬은 모둔에게는 전혀 위험하지 않을 거라고 믿었기에 그녀에게 맡겼다.

─차원석은 이번에도 생명의 아공간을 확장하는 데 사용하실 생각이에요?

'차원석도 한번 연구해 보려고?'

─네. 지금 상태로도 생명의 아공간은 충분히 넓은 것 같으니, 그랬으면 해요.

'그래. 다른 쓰임이 있으면 좋겠다.'

다른 차원의 한 공간을 통째로 떼어 내서 이쪽 차원에 자리를 잡도록 하고 일정한 횟수까지 리셋까지 되도록 만드는 힘의 원천으로 생각되는 차원석에는 가온이나 벼리도 흥미가 있었다.

다만 아직까지 아무것도 찾아내지 못해서 생명의 아공간을 확장하는 데 사용했을 뿐이다.

그렇게 리치의 라이프베슬과 세 번째 차원석이 모둔의 아공간으로 들어가는 순간 리치가 처리되었다는 안내음과 던전이 클리어되었으며, 보름 안에 나갈 것을 알리는 안내음이 연달아 전해졌다.

'리치를 내가 처리한 것도 아닌데 왜 나한테도 그것에 관한 안내음이 들리는 거지?'

처음에는 영문을 몰랐지만 곰곰이 생각해 보니 리치의 경우 라이프베슬을 처리해야만 완전히 처치한 것으로 인정이 되는 것 같았다.

만약 그게 아니라면 모둔이 죽음의 기운을 흡수한 것이 리치와 언데드가 제대로 힘을 쓸 수 없게 하는 데 큰 역할을 한 것 같았다.

덕분에 아직 던전 클리어에 대한 보상을 받지 않았음에도 한동안 정체되었다고 생각하고 있었던 레벨은 이제 390이 되었다.

오른 것은 레벨만이 아니었다. 스탯들은 물론 에너지들도 상당 폭 증가했다.

특히 라이프베슬을 챙기는 행위가 리치를 해치운 것으로 간주되어서 그런지 신성력이 거의 2천이 넘게 올라서 이제 3천을 앞두게 되었다.

또한 죽은 흑마법사와 언데드를 상대로 파워드레인 스킬을 계속 펼쳐서 그런지 흑마력 역시 1,100을 넘겼다.

가장 고무적인 것은 명예 포인트였다. 그동안 스킬이나 뇌전구를 구입하느라 꽤 쓴 것 같은데, 확인해 보니 90만이 넘었다.

'아무래도 세 보스의 중심이 리치였나 보네.'

그게 아니라면 말이 되지 않았다.

역시 던전이다. 바깥이라면 보상은 몰라도 레벨업이나 명예 포인트를 이 정도로 얻기는 힘들었을 것이다.

'다른 층들은 어떻게 되었을까?'

이 정도 난이도라면 시간이 좀 문제일 뿐 수만 명에 달하는 한 왕국의 정예들이라면 충분히 클리어할 수 있을 것 같았다.

다만 이쪽은 수백 년 동안 명맥이 끊겼다고 여겨졌던 흑마법사와 언데드 군단 때문에 아그레시아 왕국 토벌군이 공략하는 데 어려움이 컸을 것 같았다.

'이크!'

이제 막 전격이 사라진 돔 안을 돌아다니며 플레이어 출신 흑마법사들이 떨군 것으로 보이는 아이템들을 챙기던 가온은 문득 정신을 차렸다.

대원들이 눈이 빠지게 기다리고 있을 것이다. 그들 역시 클리어를 알리는 홀로그램과 안내음을 보고 들었을 테니 말이다.

가온은 던전 클리어에 대한 보상을 기대하면서 은신 스킬을 활성화한 상태로 크게 파손된 돔을 빠져나갔다. 굳이 토벌군의 눈에 뜨일 필요는 없었다.

돔 밖은 난리가 났다. 환호성을 지르는 이들과 춤을 추는 이들이 가득했다. 던전 클리어를 알리는 안내음을 모두 들었기 때문이다.

'서둘러야겠네.'

보름 안에 던전을 빠져나가려면 말이 없는 이들은 꽤나 바쁘게 움직여야 할 것이다.

시한이 끝난 후에는 강제로 튕겨 나간다. 다만 그 위치는 던전과 가까운 곳이긴 하지만 랜덤이라서 어떤 상황이 기다리고 있을지 알 수 없었다.

그래도 다행스러운 건 이동하는 데 걸리적거릴 마수나 몬스터는 더 이상 없을 거란 사실이다. 클리어되는 순간부터 던전에 서식하는 생물은 사라지니까 말이다.

'보상 중에는 차원을 건너갈 수 있는 권한에 대한 것도 있겠구나.'

아마 이들 중 상당수는 그에 해당하는 보상을 수령할 것이다.

'자칫하면 창궐한 마수와 몬스터의 토벌이 또다시 미뤄질 수도 있겠네.'

어떤 사태가 벌어질지 눈에 훤했다. 처음에는 눈치를 좀 보겠지만, 이곳에서 만족을 하지 못하고 새로운 기회를 잡고자 하는 이들은 대거 새로운 차원으로 건너가게 될 것이다.

어쩌면 예지몽에서 던전을 클리어했을 왕국의 정예 상당

수가 창궐한 마수와 몬스터를 토벌하는 대신에 새로운 차원으로 건너갔기 때문에 플레이어들이 그 역할을 수행해야만 했던 것일 수도 있었다.

아무튼 가온은 굳이 서둘러 차원을 건너갈 생각은 없었다.

'어나더 문두스를 정상적으로 플레이하면서 새로운 차원으로 건너갈 수 있는지부터 확인해야 해.'

자신의 경우 벼리 덕분에 어나더 문두스의 시스템을 우회해서 플레이하는 것이기 때문에 새로운 차원으로 건너가는 것에 대한 확인이 필요했다.

또한 자신이 예지몽이나 현재까지 플레이해 온 어나더 문두스의 무대는 이곳 탄 차원이기 때문에 새로운 차원에서는 어떤 일이 벌어질지 알 수 없었다.

새로운 세상에 대한 호기심은 있었지만 호기심 때문에 현재의 생활이 위험해지는 것은 싫었다.

부모님도 이곳에서 플레이를 하고 있었거니와 지금도 충분히 만족스러운 생활을 하고 있는데, 고작 더 많은 보물을 얻겠다고 어떤 위험이 도사리고 있을지 알 수 없는 생소한 차원으로 일찍 갈 필요는 없었다.

게다가 이 땅에는 그를 숨겨진 플레이어 최강자로 만드는 데 가장 큰 역할을 한 던전들이 아직 많이 남아 있었다.

거기에 자신에게 현재 필요한 것은 새로운 보물이나 스킬이 아니라 완벽한 소드마스터가 되기 위한 끊임없는 수련과 실전 경험이었다.

가온은 그런 생각을 하면서 대원들이 기다리고 있을 은신처로 복귀했다.

온 클랜은 토벌군과 달리 빠른 시간에 던전 게이트까지 이동할 수 있었다. 물론 가온이 소지하고 있는 투명날개 아이템과 이동식 텔레포트 마도구 덕분이었다.

가온이 먼저 녹스의 도움으로 던전 게이트와 가까운 곳까지 이동해서 마도구를 설치한 후 대원들이 차례로 이동했고, 마지막으로 다시 은신처로 이동한 후 마도구를 챙겨야만 했지만 불과 몇 시간 만에 던전 게이트에 도착한 것이다.

물론 그들보다 약간 더 빨리 던전을 빠져나온 이들도 있었다. 던전 입구의 좌표를 미리 설정해 놓은 텔레포트 스크롤을 가지고 있었던 토벌군의 수뇌부였다.

그들은 남아서 마무리를 했음에도 불구하고 온 클랜보다 더 빨리 게이트 입구에 도착했다.

던전을 나오며 천신만고 끝에 클리어했다는 기쁨과 시원함도 잠시 눈을 크게 뜨거나 입을 벌린 토벌군 수뇌부의 얼굴에는 짙은 미소가 떠오르기 시작했다.

던전을 나오는 순간 머릿속으로 전해지는 내용과 함께 던전 클리어와 관계된 보상을 바로 수령한 것이다.

심지어 던전의 안팎에서 통행과 통신을 관장한 기사들과

병사 그리고 마법사들도 보상을 수령했다. 던전 클리어에 대한 업적을 인정받은 것이다.

보상은 다양했다. 스킬북을 받은 이도 있었고 아이템을 받은 이도 있었다. 물론 명예 포인트도 빠지지 않았다.

하지만 보상 중 가장 기대하던 차원 이동을 할 수 있는 징표는, 받은 이도 있었지만 못 받은 이도 꽤 많았다.

"악! 난 왜 못 받냐고?"

휘하 기사나 용병을 데리고 던전에 들어왔던 귀족들 중에서 직접 지휘를 하지 않은 경우에는 징표를 받지 못했다.

하지만 대부분의 귀족들은 지휘는 물론 직접 죽음의 군단을 상대했기 때문에 받지 못한 이들은 소수에 불과해서 큰 관심을 끌지 못했다.

징표는 대상자의 팔목에 새겨진 문신으로 문지르거나 마나를 주입하면 차원을 건너갈 수 있다고 머릿속으로 설명이 전해졌다. 즉, 본인이 아니면 양도하거나 대신 사용할 수가 없었다.

보상 수령을 두고 희비가 엇갈렸지만 토벌군 수뇌부 대부분은 웃는 얼굴로 수도를 향해 출발했다. 어쨌거나 이제 가족의 품으로 돌아갈 수 있게 된 것이다.

그렇게 토벌군 수뇌부가 게이트를 떠난 지 30분 후, 온 클랜원들이 게이트 밖으로 나왔다.

게이트 입구 기지에 주둔하고 있던 기사와 병사들은 보상으로 얻은 것들을 확인하느라고 정신이 없어서 온 클랜의 움직임에 아무런 신경도 쓰지 않았다.

던전을 빠져나온 시간은 대략 오후 3시 정도였다.

"떴다!"

플레이어들은 홀로그램이 뜬 눈앞의 허공을 주시했고 탄차원 출신 대원들은 기대하는 얼굴로 머릿속으로 전해지는 안내음에 집중했다.

'업적 보상이네.'

가온 역시 기대감을 가지고 그 움직임에 동참했다.

─인원 무제한 초대형 던전의 1층을 클리어하는 업적을 달성했습니다! 업적에 따라 보상이 차등 지급됩니다!

─던전 클리어에 가장 높은 공헌도를 세웠습니다! 레벨이 10 상승합니다!

─던전 클리어에 가장 높은 공헌도를 세웠습니다! 보상으로 240만 명예 포인트와 특성, 칭호, 아이템, 스킬이 지급됩니다! 또한 추가로 차원 이동이 가능한 징표가 팔목에 새겨집니다! 징표를 사용하는 방법은 문지르거나 마나를 주입하는 것이며, 차원 이동 시 결정되는 성좌와 함께 차원 붕괴를 막는 데 공을 세운다면 다량의 명예 포인트를 얻을 수 있습니다!

연속해서 들려오는 안내음에 가온도 미소를 지을 수밖에

없었다.

'대박이다!'

사실 레벨업은 기대하지 않았는데 무려 10이나 상승해서 딱 400을 맞추었다.

오우거 던전을 클리어한 후 확인한 레벨이 339였으니 이 점보 던전에 무려 61이나 레벨업을 한 것이니, 다른 사람들에게 말한다고 해도 절대로 믿지 않을 것이다.

가온의 경우만 해도 300을 넘긴 후에는 레벨을 올리는 것은 무척 어려웠다. 그나마 던전에 특화된 칭호의 효과가 아니었다면 기껏해야 한 자리 수의 레벨업밖에 못했을 것이다.

게다가 받은 명예 포인트가 무려 240만에 달한다. 이제까지 아끼고 아낀 명예 포인트가 90만을 겨우 넘는다는 사실을 고려하면 얼마나 대단한 업적을 세웠는지 새삼 확인할 수 있었다.

하지만 그 많은 명예 포인트로 당장 구입하고 싶은 건 없었다. 시간을 두고 찬찬히 살펴본 후 꼭 필요한 것을 구입할 생각이다.

'그런데 차원이동 권한이 담긴 징표가 대체 뭐야?'

팔목을 확인해 보니 어느 틈에 기이한 형상의 문신이 새겨져 있었다.

'딱히 차원 이동을 하고 싶지는 않지만 가지고 있어서 나쁠 건 없지.'

차원 이동권이라고 할 수 있는 징표를 잠시 살펴본 가온의 관심은 이내 보상으로 옮겨 갔다.

먼저 칭호부터 확인했다.

이레귤러

등급 : 전설
상세
-세상의 인과율에서 벗어난 존재로 신들의 관심에서도 벗어난다.
-칭호의 효과로 무한 성장이 가능하다.

안 그래도 성장 속도가 무시무시한 가온을 그야말로 괴물로 만들어 주는 칭호였다. 성장의 한계가 없다는 의미이니 말이다.

'설마 신좌에 오를 수도 있는 걸까?'

신들의 관심을 받지 않는다는 내용이 좀 걸렸지만, 뭐 어쨌거나 시스템이 직접 준 선물이니 고맙게 잘 사용하면 된다.

다음은 특성이다. 특성은 굉장히 오랜만에 얻었다.

마나 지체

등급 : SS
상세
-마나를 눈으로 보고 만질 수 있을 정도의 친화력을 가지고 있으며, 마나가 쌓이는 속도가 기존 대비 두 배로 증가한다.

'최고의 특성이다!'

탄 차원에 알려진 거의 모든 종류의 에너지를 보유하고 있으며 다룰 수 있는 가온에게는 그 무엇보다 반가운 특성이다.

특히 같은 노력으로 마나를 두 배로 쌓을 수 있다는 더블S 등급에 어울리는 내용이었다.

'이제 스킬과 아이템이 평범한 것이 나와도 실망하지 않을 것 같네.'

그 정도로 만족스러웠지만 그래도 사람 마음이 그런 게 아니다. 이왕이면 좋은 것이 나왔으면 하고 바라게 된다.

에너지 변환

등급 : S

상세

─성질이 상이한 에너지를 원하는 에너지로 변환할 수 있다.

─변환율은 50%부터 시작한다.

─변환 가능한 에너지는 본인이 보유하고 있는 에너지에 한정된다.

'호오! 이런 스킬도 있었네!'

다른 종류의 에너지를 원하는 에너지로 바꿀 수 있는 스킬이다. 물론 치환 반지를 소지하고 있는 가온에게는 불필요하다.

'그래도 아이템은 언제라도 잃어버릴 수 있으니 익혀 두는 것도 나쁘지는 않겠지.'

무려 S급 스킬이다. 익혀 두면 언젠가는 반드시 사용할 날이 오게 될 것이다.

가온은 그 자리에서 바로 스킬북을 정독해서 익혀 버렸다.

마지막은 아이템이다.

'뭐가 나오려나?'

EX등급 던전을 클리어하는 데 가장 큰 업적을 세워서 그런지 보상이 모두 최상이었기에 기대할 수밖에 없었다.

"오오!"

아이템을 확인한 가온이 육성으로 탄성을 질렀다. 그 정도로 놀라고 만족한 것이다.

스텟 배가 돌림판

1회용 특수 아이템
상세
─특수한 경우에만 지급되는 돌림판 보상으로 에너지를 제외한 스텟의 증가 폭이 랜덤으로 결정된다.
─스텟 적용에 따른 반동이 없다.

'오! 한 번에 스텟을 대량으로 뻥튀기할 수 있는 아이템이다!'

스텟은 수련과 레벨업을 통해서 올릴 수 있다. 하지만 레벨이 100 이상 올라가게 되면 수련으로는 스텟을 올리는 것이 아주 힘들기 때문에 플레이어들은 대부분 레벨업으로 얻은 능력치 포인트를 사용해서 올리는 방법밖에 없다.

당연히 레벨이 400이 된 가온의 경우 이제 수련으로는 스텟을 올리기가 거의 불가능해서 전투와 사냥이 유일한 방법이었다.

그럼에도 꾸준히 수련하는 이유는 퇴보하지 않기 위해서이기도 하고 마나를 포함한 에너지의 경우 육체라는 그릇이 단단해야만 안정적인 상태로 쌓을 수 있기 때문이었다.

그런 면에서 보면 룰렛이기는 하지만 에너지를 제외한 스텟 모두를 일정한 비율로 높여 주는 아이템은 아직도 향상심을 잃지 않고 있는 가온에게는 큰 의미가 있었다.

가온은 그 자리에서 바로 돌림판을 돌렸다.

돌림판은 '× 1.01'부터 '× 2'까지 있었다.

'두 배는 바라지도 않는다.'

앞서 확인한 보상들이나 명예 포인트만 해도 충분히 만족한다. 물론 최고가 나오면 좋겠지만 이럴 때는 마음을 비우는 편이 나았다.

한참을 돌던 판이 드디어 멈추는 순간 가온은 주먹을 불끈 쥐고 마구 흔들었다.

'1.6배! 이거면 충분해!'

마나와 마력 등의 에너지를 제외한 스텟이 모두 60%나 증가했으니 엄청난 선물이 아닐 수 없었다.

쩌저저적!

뚝뚝!

기이한 소음과 함께 뼈의 밀도가 증가하고 근육이 수없이 찢어지고 재생되길 반복했다.

하지만 그 과정은 눈 깜짝할 사이에 완료가 되어 미처 고통을 느끼지도 못했다.

아마 반동이 없다는 내용이 이런 현상을 설명해 주는 것 같았다.

그런 변화가 끝난 후 자신의 몸을 관조한 가온은 경악했다. 이전에도 나름 완벽한 육체라고 생각했었는데 지금은 인간의 한계를 벗어난 것 같았다.

지금 이 육체라면 굳이 마나를 쓰지 않더라도 주먹과 발로 바위를 부수고 4~5미터는 가볍게 도약할 수 있을 것 같았다. 거기에 감각도 민감해져서 주위가 이전과 다른 환경인 것처럼 느껴졌다.

상태창까지 확인한 가온의 기분은 날아갈 것 같았다. 아니, 민첩 스탯이 거의 1천에 육박해서 그런지 정말 날 수도 있을 것 같았다.

가온은 이제 자신이 생각하는 기준에서 완전한 소드마스터가 되었음을 깨달았다.

천재가 대여섯 살부터 수련을 시작해서 각고의 노력과 다양한 경험을 통해서 예순 살이 넘어서야 겨우 도달하는 경지를 채 1년도 안 되어 달성한 것이다.

'확실히 이런 점에서 보면 나는 이레귤러가 맞긴 하네.'

벼리 덕분에 시스템의 관리를 받지 않으면서도 시스템의 이점은 모두 누리는 자신은 존재 자체가 이레귤러일 수밖에 없었다.

던전 클리어에 따른 보상을 모두 확인한 가온은 이제 대원들을 챙기려고 하다가 아직 확인하지 못한 게 하나 더 있음을 깨달았다.

바로 리치가 소멸되었을 때 들렸던 안내음에 포함된 보상이었다.

'칭호와 스킬북이었는데…….'

칭호를 확인해 본 가온이 고개를 끄덕였다. 예상을 벗어나지 않았던 것이다.

언데드 학살자

등급 : 서사

상세

-언데드를 상대로 전투력 30% 증가

-모든 종류의 정신계 공격에 면역

-신성력 두 배 적용

서사 등급의 칭호답게 내용이 굉장히 화려했다.

상태창을 확인해 보니 이미 칭호가 적용된 상태라 신성력이 5천을 넘겼다.

'이 정도면 대사제급 이적을 행할 수 있지 않을까?'

다른 건 부럽지 않았지만 대사제들이 행하는 해주나 치료와 같은 신성 마법은 꼭 배웠으면 좋겠다.

그런 생각을 잠시 해 봤던 가온은 매직북을 확인했다.

'홀리스페이스? 홀리필드와 비슷한 신성 마법인가?'

이번에 죽음의 군단을 상대로 사제들이 가장 많이 사용했던 신성 마법이 바로 홀리필드였다. 벼리는 홀리필드 마법진을 사용했다.

아무튼 익혀 보면 알 일이다. 언데드를 지금보다 쉽게 사냥하게 만들어 줄 신성 마법이니 말이다.

매직북을 정독하는 것으로 홀리스페이스를 익힌 가온은 같은 신성 마법이지만 홀리필드와 홀리스페이스의 차이점을 알 수 있었다.

'신성한 힘이 땅에 국한된 것이 아니라 공간 전체를 채우는 거구나!'

당연히 신성력의 범위가 2차원에 한정되는 홀리필드에 비할 바가 아니다. 무려 C등급의 마법으로 1레벨의 경우 10입방미터의 범위 안에 있는 언데드의 전투력을 절반으로 약화시키니 말이다.

초당 100의 신성력이 필요할 정도로 언데드에게는 강력한 마법이지만, 가온에게는 문제가 없었다.

신성력만 해도 5천이 넘는 데다가 치환반지를 통해서 신성력을 한동안 유지할 수 있었기 때문이다.

쿨 타임도 없으니 마계 생물이나 언데드를 상대로는 최고의 공격 수단이 손에 들어왔다.

'리치가 좋은 것을 주었네.'

그러고 보니 모둔이 죽음의 구슬은 몇 개나 만들었는지 모르겠다.

바로 그녀에게 확인을 해 보니 무려 43개란다.

죽음의 구슬을 이용하면 거의 무한대로 언데드를 만들어 낼 수 있으니 죽음의 구슬의 가치를 충분히 짐작할 수 있었다.

생각해 보니 언데드 군단도 쓸데가 많을 것 같았다. 언데드는 수가 부족한 온 클랜의 약점을 충분히 보완해 줄 수 있었다.

'기회가 닿으면 인간형의 상급 언데드를 한번 제작해 봐야겠네.'

퍼뜩 생각난 것이 있었다. 정보가 전혀 없는 던전에서는 언데드를 길을 뚫는 용도로 활용하면 될 것 같았다.

그것까지 생각하니 점보 던전에서 얻은 것이 정말 많았다.

던전 클리어와 관련된 모든 보상을 확인한 가온은 잠시 깊은 포만감과 성취감을 음미했다.

'아!'

생각해 보니 확인해 볼 아이템이 하나 더 있었다.

그건 바로 리치의 라이프베슬이었다. 리치의 영혼과 마나가 들어 있는 라이프베슬만 무사하면 언제라도 분신을 만들어 낼 수 있었다. 리치의 몸은 언제든 만들 수 있는 인형이나 다름없었다.

가온은 지금도 끼고 있는 투명장갑을 이용해서 리치가 가진 힘의 근원을 빨아들일 수 있을지를 확인하고 싶었다.

'가능할 것 같단 말이지.'

단순한 생기인지 마나 혹은 마력인지는 알 수 없지만 보유하고 있는 에너지를 더 늘릴 수 있는 기회라고 생각했다.

가온이 고양이 눈알 크기의 영롱한 빛을 뿜어내고 있는 라이프베슬을 손에 쥐고 막 흡수하는 의념을 품으려고 할 때였다.

-잠깐만! 제발 잠깐만 기다려 주게!

'……누구?'

분명히 의념이 들렸지만 그 주인은 알 수 없었다.

-여기네, 자네가 쥐고 있는 생명의 구슬!

'라이프베슬? 그럼 리치?'

가온의 시선이 라이프베슬로 향했다.

-맞네. 난 스스로 리치가 된 마법학자 파넬이라고 하네.

리치 같지 않게 점잖은 외모와 분위기가 연상되는 중후한 염파에 가온의 미간이 좁아졌다.

'마법학자라고요?'

사람들에게 마왕 다음으로 사악한 존재로 간주되는 흑마법사가 아니라 마법학자라니 이게 대체 무슨 말인가?

예지몽으로
히든랭커

리치

─맞네. 난 소볼트 왕국 출신의 마법학자라네.

어나더 문두스의 설정집에도 그런 이름의 왕국은 없었으니 분명 다른 차원일 것이다.

'……믿기가 힘들군요. 그럼 죽음의 군단을 만들어 낸 것은 당신이 아니란 말입니까?'

─관계가 없는 건 아니지만, 정말 아니네. 나는 마법을 학문으로 연구할 뿐 마법을 실제로는 쓰지 못하네. 아니, 3서클까지는 마도구를 이용해서 어떻게든 발현할 수 있지만 마법사는 분명히 아니네.

믿을 수 없는 말이기도 했지만 마지막 순간 너무 무력했던 모습을 생각하면 말이 되는 얘기이기도 했다.

'그럼 언데드는 대체 어떻게 된 겁니까?'

–시르달을 위시한 내 조수들이 자신들을 플레이어라고 주장하는 이계인들의 제의를 받아들여 만들었네.

'그럼 시르달이라는 분을 포함한 조수들은 모두 흑마법사입니까?'

–맞네. 몇 년 사이에 연이어 5서클에 올랐네.

가온은 대화가 여기까지 진행되자 상대가 거짓말을 하는 것이 아니라는 것을 알 수 있었다.

'플레이어'라는 단어를 사용하는 것만 봐도 알 수 있었다. 보통은 예외 없이 '이계인'이라 부른다.

하지만 좀 더 확인이 필요했기에 자세한 설명을 요구했다.

–그게…….

파넬의 설명에 따르면 그는 다른 차원에서 마법을 학문으로 연구하던 학자였다. 그리고 그 차원에는 파넬처럼 마법사가 아닌 마법학자들이 꽤 많다고 했다.

그는 세상의 진리와 우주의 비밀 그리고 마법을 연구하는 데 80 평생을 바쳤지만, 아는 것이 많아질수록 지적 갈증은 더욱 심해졌다.

그가 알고 싶어 하는 것들이 손에 잡힐 듯 가까워졌다가도 어느 순간에는 아득할 정도로 멀어졌다.

시간이 흘러 본능적으로 자신의 삶이 끝나 간다는 사실을 알게 되었을 때도 파넬은 더 연구를 하고 싶었다. 이제까지 연구해 오던 것들을 마무리하고 싶었다.

그래서 택한 것이 리치의 길이었다. 그가 우연히 발견한 고대 유적 중 하나가 리치의 던전이었고, 리치가 되는 방법이 적힌 서적을 얻었던 것이다.

결국 그는 리치가 되어 불사자가 되었지만 대신 인간들 앞에는 나타날 수가 없었다. 그가 사는 세상은 리치를 이레귤러로 규정하고 발견되면 세상의 강자들이 모여들어 결국은 소멸을 시키는 곳이었다.

그래서 구한 것이 조수들이었다. 시중을 들고 대신 연구에 필요한 재료를 구하는 등, 리치를 도와주는 대가로 좀 더 높은 경지의 마법을 배우고 싶어 하는 저서클 마법사들은 그곳 세상에는 널려 있었다.

그렇게 조수들과 함께 자리를 잡은 곳이 바로 사스 산맥이었다. 그중에서도 오래전이기는 하지만 엄청난 규모의 전쟁으로 인해 자연적으로 생성된 언데드가 횡행하는 달리아 고원은 찾는 이가 거의 없는 금지였다.

이왕 리치가 되었으니 본격적으로 고원 전체에 퍼져 있는 음차원의 에너지, 일명 죽음의 기운에 대한 연구를 하기로 했다.

산 자라면 부정적인 영향을 받을 수밖에 없지만 리치가 된 파넬에게는 새로운 종류의 힘이 될 수도 있다고 생각한 것이다.

그런 과정에서 다양한 언데드가 만들어졌다. 자신이 거처하는 연구실을 지킬 가디언이 필요했기 때문이다.

하지만 제대로 연구를 시작한 지 얼마 되지 않아서 파넬은 자신의 연구실이 위치한 사스 산맥을 포함한 거대한 공간이 세상으로부터 격리가 되었다는 사실을 깨달았다.

당황한 그와 조수 셋은 곳곳을 돌아다니며 빠져나갈 수 있는 곳을 찾았지만 소용이 없었다. 그들이 있는 거대한 공간의 끝에는 인간의 힘으로는 어쩔 수 없는 거대한 막으로 막혀 있다는 것만 확인했다.

낙심하기는 했지만 파넬은 조수들의 도움을 받아서 연구를 이어 가기로 했다. 그것만이 고립된 상황을 잊어버릴 수 있었기 때문이다.

그렇게 10년 정도가 지났고 파넬은 죽음의 기운을 어느 정도 활용할 수 있게 되었다. 그가 연구한 내용 중에는 흑마법도 있었다.

죽음의 기운이 풍부한 곳이라서 그런지 조수들의 마법 실력도 일취월장했다. 10여 년 사이에 셋 모두 5서클 마법사가 된 것이다.

그때 플레이어들이 나타났다.

─그들은 자신들을 플레이어라고 했네. 처음 듣는 지구라는 세상에서 건너왔다고 했지. 그들은 우리에게 제의를

했네.

아마 그들은 초랭커들일 것이다. 얘기의 구체성이나 사실성만 보더라도 파넬이 거짓말을 하는 것은 아니었다.

'무슨 제의였습니까?'

─자신들에게 수준 높은 흑마법, 정확하게는 사령술을 가르쳐 주면 이곳을 벗어나 원래 세상으로 돌아갈 수 있도록 해 주겠다고 했네.

'그 제의를 받아들인 겁니까?'

─그들은 우리가 세상에 격리된 현상에 대해서 확실하게 알고 있었고 이곳이 다른 세상에서는 던전이라고 부르는 장소가 되었다는 사실까지 알려 주었네. 무엇보다 다른 연구를 위해서는 이곳을 벗어나야만 했네.

가온은 자신이 그의 입장이었어도 플레이어들의 제안을 받아들였을 것 같다는 생각을 했다. 심지어 그는 연구의 끝을 보기 위해서 육신을 포기하고 리치가 되지 않았던가.

'하지만 그들은 사령술을 제대로 익힐 수 없었을 텐데요?'

플레이어들은 마법을 매직북 형태가 아니면 익힐 수가 없다.

─맞네. 그래서 그들이 원하는 대로 위력은 떨어지지만 책의 형태로 만들어 주었지.

'……그게 가능했습니까?'

마도구를 이용해서 겨우 3서클 마법을 쓸 수 있는 마법학자라고 소개를 한 것 같은데 매직북을 만들다니 믿기지가 않았다.

—충분히 가능한 일이네. 우리 세상에도 다른 차원에서 건너온 이들이 꽤 많으니까. 우리는 그들을 차원용병이라고 부르는데, 그들 중 마법을 익히고 싶어 하는 이들을 위해서 국가 차원에서 마법 학자들을 동원해서 매직북을 만들어서 판매를 하고 있네.

들으면 들을수록 이상했다.

'이계인들이 찾아온다고요?'

—그렇다네. 우리 세상을 관장하는 세 신이 차원 융합을 막기 위해서 다양한 차원의 지적 생명체들을 자신들의 신력으로 불러들였지. 물론 위험한 일이지만 충분한 보상을 하기 때문에 꽤 많이 건너오는 것으로 알고 있네. 사실 내가 우주의 비밀을 연구하는 가장 큰 이유는 차원 융합을 막기 위해서이네.

'그곳 세상은 뭐라고 부릅니까?'

—매그판이라고 부르네. 세 개의 대륙과 네 개의 바다가 있지. 수천 년 전부터 마계라고 부르는 암흑차원과 융합이 되어 가는 위험한 상황에 빠져 있네. 벌써 절반 가까이 차원 융합이 진행되어 수백 년 전부터는 다른 차원들까지 그 영향을 받고 있네.

설마 매그판이 루의 신탁에 등장하는 새로운 차원일까?

예지몽으로
히든랭커

만약 그렇다면 그곳은 어떤 세상일까?

혹시 생명의 아공간으로 이주한 엘프들도 매그판이라는 차원에서 살았던 것일까?

아니다. 엘프들은 그런 얘기를 전혀 하지 않았다.

그럼 다른 세상인 건가?

순간적으로 많은 의문이 가온의 머리를 스치고 지나갔다.

가온은 매그판이라는 새로운 세상이 궁금했지만 지금은 거기에 관심을 둘 때가 아니었다.

'그럼 키메라도 이계인들이 만든 겁니까?'

—그들은 아직 그럴 능력이 없네. 다만 내가 수집했던 책들이 있어서 내 조수들이 주도했는데 그들이 모든 재료를 공급해 주었고 인력까지 지원해 주었네.

'그럼 고원 전체에 설치한 흑마법진은요?'

—그것 역시 비슷하네. 키메라와 같은 고위급 언데드를 만들기 위해서는 농밀한 사기를 제대로 다룰 수 있어야 하기 때문에 내 조수들이 직접 설치했네. 물론 그들이 보조를 하는 방식으로. 달리아 고원은 원래 사기로 가득한 죽음의 땅이었고, 언데드는 그런 땅이 아니면 얼마 못 가서 자연적으로 소멸되기에 별생각 없이 그들의 부탁을 들어주었지.

'이계인의 숫자가 얼마나 되었습니까?'

—처음 나타났을 때는 스물 정도였지만 나중에는 열 배 정도로 늘었네. 다들 어디선가 흑마법과 사령술의 기초를 익힌

상태였고.

기초를 익혔다는 건 그들이 흑마법사나 사령술사로 전직을 했다는 것을 의미했는데, 예지몽은 물론이고 지금까지 플레이하면서 들어 본 적이 없었다.

가온은 그 플레이어들이 초랭커 중 일부일 가능성이 높다고 생각했다.

'그런데 그들은 파넬 님이 어떻게 다시 차원으로 돌아갈 수 있다고 한 겁니까?'

ㅡ언데드 군단을 양성한 후 마핀과 자이언트 웜 무리를 토벌하고 나면 다른 일행이 언데드 군단을 처리할 거라고 했네. 그럴 준비도 되어 있다고 했고. 그렇게 되면 내가 원래 살았던 세상으로 건너갈 수 있는 차원 통로로 들어갈 수 있는 징표와 같은 것을 준다고 했네.

파넬의 얘기를 끝까지 들은 가온은 대충의 상황을 짐작할 수 있었다.

'그러니까 초랭커의 배후에 있는 하나 혹은 여러 세력이 획책한 시나리오였군.'

가온이 추정한 시나리오에 따르면 그 세력은 점보 던전의 세 보스 중 하나인 파넬을 이용해서 언데드 군단을 양성한 후 마핀과 자이언트 웜을 처리하게 만든다. 그리고 마지막으로 파넬을 처리해서 던전을 클리어하는 것이다.

하지만 파넬과 세 조수는 차원을 건너갈 수 있는 징표를 획득하기 위한 사냥 목표이지 당사자가 될 수는 없었다.

파넬은 속은 것이다.

가온이 자신의 추측을 말해 주자 파넬은 충격을 받았는지 한동안 말이 없었다.

─……내가 너무 어리석었군. 내가 모르는 줄 알았지만, 은밀하게 따로 손을 잡은 시르달도 속은 것이고.

아마 시르달이라는 마법사는 마지막까지 돔에 남아 있던 흑마법사 중 한 명일 것이다.

하지만 누구인지는 알 수 없었다. 가온의 마지막 공격에 돔 안에 있던 모든 것들이 난자되어 죽거나 소멸되었으니 말이다.

'앞으로 어떻게 하고 싶습니까?'

리치라고는 하지만 마법학자이기 때문에 세상을 위태롭게 할 정도로 위험한 존재가 아니어서 굳이 소멸시킬 필요는 없었다.

─자네와 예속 계약을 하고 싶네.

'예속 계약요?'

굳이 계약의 형태가 아니더라도 그의 영체와 힘의 근원이 담겨 있는 라이프베슬을 쥐고만 있으면 그를 통제할 수 있지만, 앙헬과 맺었던 것과 비슷한 예속 계약을 한다면 전혀 걱정할 일이 없었다.

─본체가 소멸되고 나서 고민을 해 봤는데 그 방법 외에는

내가 존재할 수 있는 방법이 없네. 대신 내가 지금까지 연구해 온 것들을 공유하겠네. 나름 다양한 분야를 연구해 왔기 때문에 도움이 될 부분이 있을 걸세. 대신 내가 부탁하는 것들을 좀 구해 주게.

본래 영혼이 들어갈 그릇을 잃은 리치라면 라이프베슬에서 벗어날 수 없지만, 계약을 하면 정령처럼 소환하는 방식을 통해서 밖으로 나올 수 있었다.

'하지만 굳이 계약으로 자신을 옭아맬 필요가 있습니까?'

─있지. 어차피 라이프베슬은 깨지지 않았지만 본체는 물론 영혼이 큰 손상을 입었기 때문에 다시 현신하는 건 거의 불가능할 걸세. 그러니 차라리 영체 상태로 자네와 계약을 해서 가끔 세상 구경도 하고 연구에 필요한 것들을 확보하고 싶네.

사실 라이프베슬 덕분에 불사의 존재로 불리는 리치지만 이번처럼 실체를 완전히 잃게 되면 다시 현신하기는 거의 불가능에 가깝다.

리치의 영혼과 힘의 근원이 있는 라이프베슬은 시간이 흘러도 원상태로 회복되기보다는 부서질 확률이 압도적으로 높았다.

그건 라이프베슬이 대부분 음차원의 에너지로 이루어져 있기 때문이다.

그런 에너지가 농밀한 마계와 같은 장소가 아니고 음차원과 양차원의 에너지가 균형을 이루고 있는 곳에서는 시간의 흐름을 이기지 못하고 부서지거나 가루로 변한다.

그 이론은 오랫동안 마법이 전승되어 온 탄 차원에서도 정설로 인정을 받는다. 리치가 출현한 후 라이프베슬을 찾지 못한 상태로 토벌된 경우도 있었지만 해당 리치가 다시 나타난 적은 없었다.

가온은 파넬의 제안을 받아들이기로 했다. 자신은 그의 존재가 별로 필요하지 않았지만 마법에 관심이 많은 벼리에게는 큰 도움이 될 수도 있었기 때문이다.

'좋습니다!'

그렇게 가온은 리치의 영혼을 귀속시켰다.

비록 계약은 했지만 파넬은 바로 영체로 활동할 수는 없었다. 라이프베슬은 무사했지만 대규모 신성 마법으로 인해서 영체가 약해질 대로 약해진 상태였다.

그래서 일종의 폐관을 하면서 상태를 회복할 시간이 필요하다고 했다.

'그렇게 하세요. 필요한 것이 있으면 언제든 얘기하고요.'

비록 파넬을 권속으로 받아들이기는 했지만 그의 능력이 당장 필요한 것은 아니다. 아직 사령술이나 흑마법이 국가나 마탑들로부터 제대로 인정을 받은 것은 아니었고, 그동안 쌓인 부정적인 이미지는 시간이 더 흘러야 약해질 터다.

─감사합니다, 주인님. 빨리 회복해서 도움이 되도록 하겠

습니다.

　예속 계약을 해서 그런지 파넬은 바로 가온을 주인으로 받아들였다. 나이가 있는 터라 이전의 태도가 기분 나빴던 것은 아니지만 존중하는 마음이 느껴지자 기분은 좋았다.

귀환

가온이 리치와 계약을 끝낼 때까지도 대원들의 달아오른 분위기는 가라앉지 않았다. 삼삼오오 모여서 던전 클리어로 인해서 받은 보상 얘기를 하며 즐거워하고 있었다.

그러던 대원들은 늦게까지 보상을 확인한 것으로 보이는 가온이 움직이자 비로소 정신을 차렸다.

하지만 가온의 발이 멈춘 곳은 샤를이 이끄는 초랭커들 앞이었다.

"이 정도면 의뢰를 완수했다고 생각하는데, 어떻습니까?"

"당연히 완수하셨지요. 한 명도 빠짐없이 차원이동 징표를 받았어요. 정말 수고가 많으셨어요."

샤를이 진심을 담아 고개를 숙이자 나머지 플레이어들도

감사 인사를 했다.

"캡슐은 걱정하지 않으셔도 돼요. 그것과 관련된 내용은 미리 전달받았으니 저 세 분에게 따로 얘기를 해 둘게요."

샤를이 헤븐힐 일행을 보며 말했다.

"당연히 그럴 거라고 믿습니다. 노파심에서 말해 두지만 나는 그대들의 세상에서는 거의 알려지지 않았지만, 어지간 한 국가는 단숨에 무너뜨릴 정도로 강력한 세력과 깊은 연이 있습니다."

세상을 암중에서 조종하는 세력이니 약속은 지킬 테지 만 그 과정에서 암수를 쓰지 않기를 바라며 약간의 협박을 했다.

과연 샤를 일행의 얼굴이 딱딱하게 굳었다. 그들이 그동안 함께 생활하면서 지켜본 가온은 언행이 일치하며 빈말을 하 지 않는 성격이었다.

"……그렇게 전할게요."

"이렇게 굳이 내 비밀 일부를 밝히는 것은 그대들의 세력 수뇌부가 어리석은 선택을 하지 않았으면 좋겠다고 생각해 서입니다. 그대들이라면 당연히 믿지만 나를 제대로 모르는 사람들은 내 능력이나 내가 얼마나 약속을 어기는 것을 증오 하는지 잘 모를 테니 다시 당부를 하는 겁니다."

"알겠어요! 저희들이 할 수 있는 선에서 최선을 다할게 요!"

보상에 대해서 별생각이 없었던 샤를과 초랭커들은 정색을 한 가온의 태도에 자신들도 모르게 자세를 바로 하고 대답했다.

"그럼 다음에도 웃는 얼굴로 만나도록 합시다."

가온은 그런 플레이어들에게 축객령을 내렸다. 이제 따로 움직일 때였다.

"아마 다음에는 다른 차원에서 뵙겠지요? 저 역시 반가운 재회를 기대할게요."

그렇게 말한 샤를은 헤븐힐 일행에게 다가가서 한동안 귀엣말을 한 후 다른 플레이어들을 데리고 그동안 함께하면서 정이 든 온 클랜원 한 명 한 명과 이별 인사를 나누었다.

한참 동안 헤븐힐 일행과 얘기를 나누었던 플레이어들이 사라지자 대원들이 가온 곁으로 모여들었다.

"온 대장, 앞으로 어떻게 할 생각인가?"

스승인 나크 훈이 대원들을 대신해서 물었다.

"일단 수도로 가서 한동안 좀 쉬어야지요."

가온이 결정적인 업적을 세우기는 했지만 대원들 모두 고생한 것은 사실이다. 그러니 충분히 쉬고 충전하는 시간을 가져야 했다.

돈도 충분하니 이번에는 수도에서 제대로 먹고 즐기며 쉬도록 해 주고 싶었다.

그의 대답에 대원 대부분은 환호를 지르고 싶은 얼굴로 고개를 끄덕였다.

"굳이 수도로 갈 필요는 없을 것 같아요. 토벌군이 일단 수도로 향할 텐데 그렇게 되면 우리에 대한 이야기가 퍼질 테고, 왕실을 포함해서 찾는 이들 때문에 피곤할 수도 있거든요."

"그럼 아보린 시티로 가시지요. 그곳은 저희 영역이라서 정보 차단이 용이합니다."

나디아와 루크의 의견을 들어 보니 그럴법했다. 온 클랜의 활약상에 대한 소문이 퍼질 것은 분명하니 찾는 손님이 많을 것은 당연한 일다.

"좋습니다. 아보린 시티로 가기로 하지요. 거처는 일전에 묵었던 여관으로 하고요."

수도에 있을 때 묵었던 바얀트 여관보다는 시설이 좀 낙후된 편이지만, 그곳도 큰 별채가 있었고 연무장도 있었다.

반대는 없었다.

일단 행선지가 결정이 되자 대원들의 얼굴이 한층 더 편안해졌다.

하지만 일부는 달랐다. 뭔가 성에 차지 않는 얼굴이었다. 나크 훈과 반 홀랜드도 그 일부에 포함되었다.

"그다음은 어떻게 할 생각인가?"

"설마 당장 징표를 사용하시려고요?"

로에니의 말에 나디아가 눈을 치켜뜨며 물었다.

"……우리에 앞서 많은 이들이 징표를 사용할 것으로 보인다."

반 홀랜드를 비롯해서 몇 명의 얼굴을 보니 혹시 뒤늦게 차원을 건너가는 것 때문에 기회를 놓치거나 뭔가 불이익이 있을 것 같은 기분이 드는 모양이다.

"사실 저도 빨리 징표를 사용했으면 했는데, 조금 더 생각을 하니 먼저 사용하는 게 능사는 아닐 것 같아요."

나디아가 대화에 끼어들었다.

"뭔가 아는 거라도 있나?"

반 홀랜드가 눈을 빛내며 물었다. 그 역시 나디아가 한때 정보 길드장 자리를 놓고 현 길드장과 경쟁을 할 정도로 뛰어난 인물임을 잘 알고 있었다.

"아니요. 신탁으로 내려온 내용 말고는 아는 것이 없어서 그래요."

가온이 따로 얘기한 적은 없었지만 정보 길드의 수장 자리를 두고 경쟁을 했었던 나디아는 신탁의 내용을 알고 있었다.

"아는 게 없어서 서두를 필요가 없다?"

"네, 반 고문님. 새로운 차원에 대해서는 소문만 무성할 뿐 알려진 것이 거의 없잖아요."

그녀의 말이 맞았다. 징표가 차원을 건너갈 수 있도록 해

귀환 45

준다는 사실이야 루 여신의 의지라고 생각하는 의념을 들어서 알고 있었지만, 현재로서 알려진 것은 그것이 유일했다.

"일찍 움직일 경우 남들보다 먼저 얻을 수 있는 것이 있는 반면 무지에 대한 대가를 감수해야 하잖아요. 차원 너머의 세상에 대해서 우리가 아는 것이 하나도 없어요."

나디아의 말에 대원들 모두 동의했다. 무지, 즉 알지 못한다는 것은 공포의 근원이며 어리석은 행동을 유발하기 쉬웠다.

무지를 깨는 과정에서 당연히 많은 것을 감수해야만 했다. 그건 역사적으로도 수없이 증명되었다.

가온도 고개를 끄덕였다.

'아바타가 새로운 차원으로 넘어가는 것일까? 아니면 그곳에서도 새로운 아바타가 생기는 것일까?'

전자일 가능성이 높기는 하지만 예지몽에서는 전혀 경험하거나 들어 보지 못했던 내용이라 불안했다.

차원을 넘어가고 어나더 문두스처럼 플레이할 수 있는 건지 아니면 예상하지 못했던 다른 상황이 벌어지는 건지 전혀 알지 못하니 그럴 수밖에 없었다.

"게다가 지금은 고문님들을 포함한 우리 대원들 모두에게 무척 중요한 시기인 것 같고요."

"으음. 나디아의 말이 맞아. 아무래도 내가 마음이 급했던 모양이군."

나크 훈이 순순히 자신의 성급함을 인정했다.

　정보가 중요한 이유는 무지로 인한 실수나 어리석은 판단으로 인해서 발생할 수 있는 위험 요소를 줄여 준다는 것이다. 그래서 정보 길드가 시간이 갈수록 성장하는 것이 아닌가.

　"대장의 말대로 하겠소."

　나크 훈이 그렇게 결정을 내리자 그와 비슷한 생각을 하던 이들, 즉 최근 클랜에 합류해서 공을 세우지 못했거나 새로운 경지에 대한 갈급이 심한 이들이 고개를 끄덕였다.

　"사실 징표를 바로 사용하지 않는 이유가 하나 더 있습니다."

　가온의 말에 대원들이 일제히 그의 말을 기다렸다.

　"다들 스킬과 아이템 그리고 꽤 많은 명예 포인트를 얻었을 겁니다."

　대원들이 일제히 고개를 끄덕였다. 그들의 생각보다 보상이 컸다.

　"곧바로 무엇이 기다리고 있을지 알 수 없는 세상으로 가건 이곳에서 시간을 더 보내건 선택은 자유지만, 이번에 새로 얻은 것들을 확실한 자신의 것으로 만드는 시간이 필요합니다. 그리고 뭔가 부족하다면 포인트를 제대로 활용해서 채워야 하고요. 혹시 자신에게 뭐가 필요한지 잘 모르겠거든 나도 있고 다른 동료들도 있으니 충분히 상의한 후에 사용하십시오."

"알겠습니다!"

자신들을 생각하는 진정이 가득한 가온의 조언에 대원들이 성급한 마음을 내려놓았다.

아보린 시티로 가는 것은 결정이 되었지만 문제가 하나 있었다. 타고 갈 말이 없었던 것이다. 그들이 타고 온 말은 토벌군이 이용하게 될 것이다.

가온이 속으로 이동식 텔레포트 마도구를 사용할까 고민할 때 반 홀랜드가 입을 열었다.

"대장님, 아시는지 모르겠지만 근처에 말을 구할 수 있는 도시가 있습니다. 우리 용병단, 아니 붉은곰 용병단이 한동안 그곳에서 활동했기 때문에 쉽게 구할 수 있을 겁니다."

"그럼 반 고문께서는 로에니에게 말을 구입할 자금을 받아서 대원 몇 명을 대동하고 먼저 출발해 주십시오. 우리는 천천히 그쪽 방향으로 이동하겠습니다."

"맡겨 주십시오."

반은 미노스를 포함한 전 붉은곰 용병단원들을 데리고 출발했다. 워낙 용병 생활을 오래하기도 했지만, 마나로 신체 능력을 크게 높일 수 있는 이들이라서 큰 걱정은 하지 않아도 되었다.

과연 장담한 대로 반 일행은 채 3시간도 지나지 않아서 일행이 타고 갈 말을 구해서 돌아왔는데, 잘 조련된 말들이었다.

서두른 덕분에 온 클랜은 해가 진 직후에 아보린 시티에 무사히 도착할 수 있었다.

다행하게도 이 시간에 입항하는 배는 없었기에 항구나 수도로 이어지는 도로에는 사람이 별로 없었고, 그들에게 관심을 주는 이들도 없었다.

퍼슨과 마론이 먼저 시티로 들어가서 일전에 묵었던 여관에 별채를 잡았기에 나머지 사람들은 바로 식사를 하고 쉴 수가 있었다.

식사가 끝난 후 가온은 대원들에게 각각 5천 골드라는 보너스를 지급했다.

이미 정보 던전에서 1만 골드라는 거금을 보너스를 받았던 대원들은 물론이고, 나중에 합류한 대원들도 가온의 배포에 입이 떡 벌어졌다.

"안 받아도 됩니다!"

이전에 한 번 같은 액수를 보너스로 받은 대원들도 그렇지만 온 클랜에 합류한 덕분에 던전 클리어로 인한 명예 포인트와 징표 등 보상을 받은 대원들도 보너스를 받지 않으려고 했다.

"먹고 마시라고 주는 돈이 아닙니다. 기본적인 무장은 클랜에서 챙겨 줄 수 있지만, 개인적인 물품은 이것으로 구입하십시오. 살 게 없으면 상급 포션이라도 구입하세요. 그런 것이 모두 우리 클랜의 전력을 강화시켜 주는 겁니다."

"하하하! 역시 통도 크십니다! 뒤늦게 합류해서 받은 것이 더 많은 저 같은 경우, 이런 돈을 받아도 될지 모르겠지만 대장이 주신다니 사양하지 않겠습니다. 잘 쓰겠습니다!"

가장 먼저 반 고문이 나와서 돈주머니를 수령해 가자 눈치를 보던 나머지 대원들도 하나둘 보너스를 수령했다.

가온의 말대로 막 쓰지 않고 개인적으로 필요한 물품이나 안전을 담보해 주는 물품을 구입하면 전력이 높아진다는 말에 동의했기 때문이다.

평생 기사로 검소하게 살아왔던 나크 훈과 제어컨은 그런 엄청난 돈을 받을 정도로 활약하지도 않았고 필요한 것도 없다고 끝까지 고사했지만, 가온이 갓상점에서 골드를 포인트로 바꿀 수 있다고 속삭이자 태도를 바꾸었다.

갓상점에는 사람들이 욕심 낼 것들이 엄청나게 많았다. 그리고 이제 막 새로운 경지를 발을 내디딘 두 사람에게는 고가의 무술서와 질 좋은 무기들도 필요했다.

"대장님, 그럼 저희는 얼마나 쉬는 건가요?"

헤븐힐이 손을 들며 물었다.

"열흘 정도는 자유롭게 움직여도 됩니다."

가온의 말에 대원들의 얼굴이 환해졌다. 그 정도면 가족들을 만나거나 고향에 다녀와도 충분했던 시간이었기 때문이다.

"그럼 아그레브에 다녀와도 되겠습니까?"

퍼슨이 손을 들고 질문했다.

"당연하지요. 가족들에게 선물을 잔뜩 사 가도록 하세요."

예전과 달리 마탑들이 경쟁적으로 텔레포트 마법진을 지부에 설치하면서 이용료도 많이 낮아져 돈만 충분하면 어디든 금방 갈 수 있었다.

가온의 대답에 퍼슨 부자와 스톤 그리고 랄프의 얼굴이 환해졌다. 가족과 적어도 일주일 정도는 함께 지낼 수 있었다.

"그럼 저희도 루시아에 다녀와도 될까요?"

가족을 만나고 싶은 대원은 더 있었다. 대표로 물어보는 달쿤을 포함한 정령사들이었다.

"물론입니다. 이곳에서는 생필품을 대량으로 싸게 구입할 수 있으니 루시아에 필요한 것들을 사 가도록 하세요."

가온의 대답에 물었던 루시아 출신들이 함박웃음을 지었다.

생필품은 아그레브에서도 구입할 수 있지만 아직도 물류 유통이 어려운 만큼 이곳보다 훨씬 더 비쌌다. 그리고 종류도 다양하지 않았다.

그러니 다양한 생필품을 대량으로 구입해서 간다면 가족은 물론 일족들에게 큰 도움이 될 것이다.

그 생각을 하자 더욱 루시아가 그리웠다. 루시아를 떠난 건 그리 오래 지나지 않았지만, 그간에 겪었던 일들이 워낙 스펙타클해서 꽤 오랜 시간이 흐른 것 같았던 것이다.

"대신 오늘은 던전에서 고생한 우리를 위해서, 그리고 새로 합류한 대원들을 환영하는 의미에서 작은 축제를 열어 봅시다!"

"하하하! 여부가 있겠습니까!"

대원들은 거금도 받았겠다, 즐거운 마음으로 로에니의 지시를 받아서 술자리를 준비하기 시작했다.

역시 많은 사람이 뭔가를 기념하거나 축하하는 자리에서 술과 음식이 빠지면 안 된다.

현실 자각 타임

　다음 날 아침부터 정오 무렵까지는 별채가 소란스러웠다.
공을 세우고 긴 휴가를 받아서 떠나는 대원들과 그들을 배웅
하는 이들의 인사가 이어진 것이다.

　가장 먼저 떠난 것은 퍼슨과 패터, 스톤, 랄프 그리고 정
령사 대원들이었다.

　그들은 가족들이 이주했거나 고향인 루시아와 인접한 아
그레브로 가기 위해서 마탑 지부로 향했다.

　세르나는 고향으로 돌아간다는 생각에 얼굴까지 상기된
다른 대원들과 달리 가온 곁에 계속 머물고 싶은 눈치였지
만, 그가 따로 부탁한 것이 있어 어쩔 수 없이 대원들을 이끌
고 출발할 수밖에 없었다.

얼마 후 반 홀랜드를 비롯한 붉은곰 용병단 출신들도 떠났다.

용병단을 해체하기는 했지만 용병 길드 본부에서 해당 절차를 처리해야만 했고, 길드 재산도 처리를 해야 하는 등 정리해야 할 일이 꽤 많았기 때문이다.

마지막으로 루크와 나디아 등 정보 길드 출신들도 여관을 나섰다.

그들은 자신들의 인맥과 가온이 따로 건네준 거금으로 앞으로 온 클랜에게 꼭 필요한 귀중한 정보들을 챙겨 올 것이다.

이제 남은 사람은 나크 훈, 제어컨, 타람과 로에니, 마론과 샐리 부부밖에 없었다.

가온은 나크 훈에게 한동안 한적한 곳에서 마법 수련을 해야겠다는 말을 남기고 떠난 상태였다.

"어쩐지 좀 쓸쓸하네요."

평소에는 하루가 어떻게 지나가는지 모를 정도로 수련과 임무 수행에 매달렸던 이들은 막상 시간이 나자 어떻게 써야 할지 모르는 것 같았다.

그래도 마론과 샐리 부부는 마탑 지부에 들러 필요한 물건도 사고 수도를 제대로 구경하겠다며 나갔지만, 네 사람은 멀뚱멀뚱 서로를 보고만 있었다.

"따로 할 일이 없는 것 같으니 수련이나 할까?"

"수련은 좀……."

나크 훈의 은근한 제안에 사람들의 반응은 시원찮았다. 특히 철월검류에 입문한 후 누구보다 더 열심히 수련을 해 온 타람과 로에니지만 지금은 내키지 않는 얼굴이었다.

뭐라 설명하기는 힘들지만 마음이 허전하고 아무 의욕도 나지 않았다.

"무슨 소릴! 지금이 너희들에게 얼마나 중요한 시기인지 모른단 말이냐!"

"……."

나크 훈의 노성에 타람과 로에니는 물론이고 뭔가 다른 생각을 하는 것 같았던 제어컨이 움찔했다.

"이제 겨우 벽을 넘었거나 넘을 수 있는 방법을 찾았는데 쉴 생각을 하다니! 가족을 만나거나 고향을 방문하는 것처럼 따로 할 일이 있다면 모르겠지만 그게 아니라면 당연히 수련을 해야지."

나크 훈의 노성에 세 명은 너무 부끄러워서 얼굴을 들 수가 없었다.

그의 말이 맞았다. 이미 소드마스터 실력자가 된 대장도 수련을 하는 참에 이제 막 소드마스터 경지에 발을 내디뎠거나 이제 막 벽을 만난 자신들이 쉰다는 것은 말이 안 되는 상황이었다.

"이럼 휴가가 아닌데……."

타람이 세상이 끝난 것 같은 얼굴로 혼잣말을 하다가 나크 훈의 매서운 눈길에 움찔했다.

그래도 강하게 불만을 토로하지 않는 것은 나날이 높아지고 있는 경지 때문이었다. 스스로도 놀랄 정도로 철월기라고 부르는 순수한 마나가 불어나고 있었기 때문에 손바닥 길이지만 오러 스레드를 생성할 수 있게 되었다.

"이번 휴가 동안 오러 스레드를 더 길게 뽑아내고 자연스럽게 사용할 수 있도록 만드는 것이 너희 목표다! 소드마스터로 오르는 데 필요한 이론은 나와 형님이 강론해 줄 테니."

타람과 로에니는 내심 울고 싶은 심정이었지만, 스승인 나크 훈의 말을 거역할 수는 없었다. 그가 자신들을 생각해서 하는 말이라는 사실을 잘 알고 있으니 말이다.

이번에는 가온도 휴식을 취하기로 했다. 점보 던전에서 활약한 만큼 지치기도 했다. 그래서 일단 대원들에게는 강 선너 은밀한 곳에서 마법 수련을 하겠다고 알렸다.

물론 자신이 아바타를 이용해서 벼리가 마법 수련을 할 테니 대원들에게 거짓말을 한 것은 아니다.

'그래도 좀 미안하네.'

나크 훈에게 자신이 수련을 하겠다고 말하는 바람에 남은 대원들은 꼼짝없이 휴가를 즐기지 못하고 내내 수련만 하게 된 상황은 충분히 짐작하고 있었다. 아마 열흘 내내 타람과 로에니를 닦달할 것이다.

평소라면 당연히 수련을 했을 가온이지만 이번에는 왠지 의욕이 나지 않았다.

'정말 지친 건가?'

분명 번아웃 증후군은 아닌 것 같다. 어쩌면 어나더 문두스를 플레이하면서 처음에 생각했던 목표를 얼추 달성해서 허탈한 것일지도 모른다.

'예지몽 덕분이기는 했지만 참 많은 것을 이뤘네!'

생각해 보면 참 열심히 어나더 문두스를 플레이했다. 아니, 열심히 살았다.

무려 소드마스터다. 초급이라고 불리는 입문 단계도 아니고 누가 봐도 소드마스터라고 인정할 정도의 실력자 단계에 올랐다.

어나더 문두스를 플레이한 지 채 1년도 안 되어 거둔 성과였다. 그런 경지에 오른 데에는 예지몽이 가장 큰 도움이 되었지만 어느 순간부터는 벼리의 조력과 부단한 그의 노력과 운도 한몫했다.

그렇게 시간이 흐르는 것도 제대로 의식하지 못하고 열심히 살았기 때문에 자신도 모르게 육체적 정신적 피로가 쌓인 건지도 몰랐다.

'어쩌면 내가 어나더 문두스의 지존이라는 사실을 대외적으로 알리지 못하기 때문에 의욕을 잃었을지도 모르겠네.'

가온이라고 해서 자신이 이룬 성과를 남들에게 자랑하고 질시와 동경의 시선을 즐기고 싶지 않은 건 아니다.

　하지만 벼리의 존재는 그 누구에게도 밝힐 수가 없었다. 다른 것을 떠나서 자신은 물론이고 부모님까지 위험해질 수 있었다.

　어쨌거나 적당한 곳에서 로그아웃을 하고 캡슐을 나온 후 벼리와 교체를 했다.

　얘기라도 좀 하려고 했는데 벼리는 이럴 때를 고대했는지 바로 다시 접속을 해 버려서 더 쓸쓸한 기분이 들었다.

　바로 씻고 옷을 갈아입은 가온이었지만 마땅히 할 일이 없었다.

　'집에 다녀올까?'

　그런 생각도 해 봤지만 한창 게임에 재미가 들린 부모님과 오랜 시간을 가지긴 힘들 것 같았다.

　지난번에 함께 즐거운 시간을 보내서 그런지 부모님은 자신이 연락이 뜸해도 별말을 하지 않고 있었다.

　'쌓인 돈을 펑펑 써 볼까?'

　숱한 보물이 쌓여 있는 아공간을 차치하더라도 벼리의 투자로 인해서 그의 계좌에는 20대로는 가질 수 없는 규모의 거액이 들어 있다.

　당연히 평소에 꿈꾸어 왔던 수많은 일들을 할 수 있고 침만 삼켰던 물건들을 당장 살 수 있을 정도의 돈이었다.

예지몽을 꾸기 전이라면 고급 스포츠카를 구입한다든지 명품을 주렁주렁 걸치고 번화가나 유흥가를 쏘다니며 돈을 펑펑 썼을 것이다.

예지몽에서 하도 쓴맛을 봐서 그런지 지금은 그런 행동이 아무 의미가 없는 것 같아서 도무지 의욕이 나지 않았다.

'하아!'

딱히 하고 싶은 일이나 사고 싶은 물건이 없었다.

'럭셔리 하우스로 이사나 갈까?'

그런 생각도 해 봤지만 그럴 이유가 없었다. 캡슐 밖으로 나오는 경우도 거의 없었기에 집이 더 이상 클 필요가 전혀 없었다.

그러니 가구를 포함한 인테리어도 바꿀 필요가 전혀 없었고 전에는 로또가 된다면 꼭 사고 싶었던 최고급 바이크와 같은 사치품도 생각나지 않았다.

'내가 너무 어나더 문두스에 빠져 살았던 건가?'

집 안을 이리저리 걸어 다니며 멍하니 바깥을 쳐다보던 가온은 이제야 가을이 깊어지고 있다는 사실을 깨달았다. 그 정도로 현실의 변화에 신경을 쓰지 못하고 살아온 것이다.

그런데 바깥 풍경에 현실감이 들지 않았다. 아무래도 탄차원에서 너무 오래 보낸 모양이다. 자신이 살아가는 세상이라고 느껴지지 않았다.

'안 되겠다!'

이대로 집 안에 있다가는 아무래도 우울증에 걸릴 것 같았다.

가온은 일단 바로에게 전화를 했다. 먼저 로그아웃을 했으니 받을 것이다.

-어! 형이 이 시간에 웬일이에요?

역시 바로는 금방 전화를 받았다.

"뭐 하니?"

-던전 건이 마무리되어서 일찍 나와 게시판 관리를 하고 있었죠.

역시 열심히 사는 녀석답다.

"술이나 한잔할까?"

-……무슨 일 있어요?

"무슨 일까지는 아니고 갑자기 현타가 와서 말이야."

현타는 현실 자각 타임의 준말로 주변 상황을 잊을 정도로 어떤 일에 푹 빠져 있다가 갑자기 현실을 깨닫게 되는 시간을 말한다. 보통은 힘이 쭉 빠지고 아무런 의욕이 나지 않는 감정 상태가 된다.

-하하하. 형이 그럴 때도 있네. 뭐 저도 최근에 가끔 현타를 느끼긴 해요. 현실도 아닌데 내가 왜 이렇게 가상현실에 푹 빠져 사는 건지 하는 생각이 들더라고요.

"맞아. 내가 지금 그 상태야."

-현타가 올 때는 사람을 만나서 함께 시간을 보내는 게 가장 좋긴 하죠. 관리는 거의 다 했으니 10분 후에 로비에서 만날까요?

"그래. 치맥이라도 하자."

시간을 보니 오후 3시가 막 넘었지만 치킨집은 영업을 할 것 같았다.

저녁 시간, 가온과 바로는 세 번째로 들른 치킨집에서 맥주를 마시고 있었다.

"그러니까 현타를 극복하려면 환경을 바꾸거나 목표를 새로 설정하는 것이 최고라는 거죠."

바로는 주량을 넘어선 음주로 인해서 불콰한 얼굴이 되어 몇 번이나 같은 말을 반복했다.

"바로야, 너도 어나더 문두스를 하면서 현타가 온 적이 있다고 했지?"

"네. 온 대장님 때문에요. 기를 쓰고 쫓아가도 더 멀어지기만 하니. 하지만 거기에서 오는 현타는 금방 사라져요. 또 다른 흥미로운 일이 생기니까요. 누나들도 저와 비슷했나 봐요. 그런데 온 대장님은 같은 인간이 아니라고 생각하니 더 이상 현타가 오지 않더라고요. 그때부터 어나더 문두스를 더 재미있게 즐기고 있어요."

맞다. 큰돈도 벌었고 아바타도 빠르게 성장하고 있으니 게임으로 즐기면 더 이상 즐거울 수가 없다.

가온은 자신의 상황을 자세하게 밝힐 수가 없었기에 그 얘기는 그 정도로 끊었다. 한창 어나더 문두스를 즐기고 있는 바로에게 부정적인 영향을 주고 싶지는 않았다.

"그런데 샤를이 캡슐을 받는 건에 대해서 조언을 해 주었다고?"

"네. 샤를 씨가 말해 준 바에 따르면 온 대장님께 한 말과 달리 제약이 많을 거래요. 우리에게 자세하게 말해 줄 수는 없지만 캡슐의 가치가 워낙 높아서 틀림없이 여러 곳에서 간섭할 것이 분명하다고 전해 주었어요. 저희가 처음에 생각했던 것처럼 단순한 일이 아닌 것 같아요. 두 누나들도 같은 생각이고요."

생각해 보면 샤를이 소속된 비밀 세력도 그렇거니와 세이뷰어 컴퍼니나 국가까지 얽힌 중요한 일이긴 했다.

'그들이 말한 대로라면 프리우스급 캡슐 사용자는 곧 현실에서도 마나를 사용할 수 있는 초능력자가 되는 것이니 당연히 이런저런 구속이 많을 수도 있네.'

가능성이 있는 정도가 아니라 거의 확신이다.

'세상을 암중에서 관리하고 있다고 자신하는 세력들이라면 초인의 존재를 어떻게든 옭아매려고 하겠지.'

가온이 자신이 캡슐 건을 너무 쉽게 생각한 것 같은 기분이 들었다.

"혹시 생각이 바뀐 거야?"

"꼭 그건 아닌데 프리우스급 캡슐을 사용하는 데 제한이 많다면 거부해야 하는 게 아닌가 하는 생각은 하고 있어요."

"너만?"

"아니, 두 누나들의 의견도 같아요. 이번에 샤를 일행과 같이 지내다 보니 왠지 자유롭지 못하고 매여서 생활하는 것 같더라고요."

그건 가온도 느꼈던 바였다. 초랭커들은 마치 군대처럼 경직된 조직에 속해 있는 것 같았다.

"그 부분은 온 사형이 해결해 줬다고 하지 않았어?"

"그렇긴 한데 온 대장님은 탄 차원 사람이잖아요. 이쪽에서 과연 그 약속을 제대로 지킬지 믿을 수가 없어요."

"그럼 내일이라도 당장 온 사형에게 말해야겠네."

"그러려고요. 그런데 대장님이 여관에 계실지 모르겠어요."

"왜?"

"대장님은 이럴 때 홀연히 사라져서 자신만의 시간을 보내곤 하거든요."

생각해 보면 바로의 걱정이 이상한 건 아니다.

"그래도 일단 접속은 해 봐."

"그래야죠. 그런데 형은 어떻게 생각해요? 그냥 우리가 프리우스급 캡슐을 받아서 플레이를 해야 할까요?"

가온은 한참을 생각하다가 입을 열었다.

가온 입장에서 보면 헤븐힐 일행이 프라우스급 캡슐을 사용하는 것이 좋았다.

하지만 반대의 경우를 생각해 보면 굳이 그럴 필요가 없었
다. 현실도 중요한데 꼭 프리우스급 캡슐까지 사용해 가면서
어나더 문두스에 올인할 필요가 없는 것이다.

"그쪽에서 온 사형이 말한 조건을 제대로 지킨다면 사용해
도 되지만, 그렇지 않은 경우에는 포기하는 것이 나을 것 같
다. 그리고 주체가 그 비밀 세력인지 세이뷰어나 국가인지는
알 수 없지만, 일단 프리우스급 캡슐을 사용하게 되면 세 사
람이 자유롭게 게임을 즐길 수 없는 것만은 확실한 것 같아."

전에 콜 일행에게 들은 것이나 샤를의 배후 세력으로부터
들은 얘기가 사실이라면 프리우스급 캡슐을 사용하는 초랭
커들은 곧 닥칠 가능성이 높은 차원 융합 상황에서 적극적으
로 활동을 해야만 한다.

어나더 문두스에서는 물론 현실 지구에서도 말이다. 그게
초랭커들을 육성하는 이유일 테니 말이다.

차원이 융합되면 어떤 일이 벌어질지 알 수 없는 데다가
어떤 위험이 있을지 알 수 없다.

과연 그런 상황에서 헤븐힐 일행이 과연 제 능력을 발휘해
서 살아남을 수 있을까?

그건 아니다. 처음부터 이런 상황을 알고 대비해 온 초랭
커들이라면 몰라도 이제 막 프리우스급 캡슐을 사용하게 될
세 사람은 모든 면에서 준비가 되지 않은 상황이다.

무엇보다 초랭커들과 달리 헤븐힐 일행은 즐기기 위해서 어나더 문두스를 시작한 만큼 위험한 상황에 대처하는 마음 자세가 달랐다.

그러니 당연히 좋은 결과는 기대할 수 없었다.

'초랭커들이 말했던 대로 현실에서도 마나를 사용할 수 있는 능력을 가지게 되면 세이뷰어 측이나 국가 측에서 이 세 사람만 자유롭게 놔둘 리는 없지.'

필시 강력한 수단을 동원해서 세 사람의 행동을 구속할 것이 분명했다. 무엇보다 가족을 인질 삼으면 이들도 어쩔 수가 없었다.

"역시 형도 그렇게 생각하는구나! 이상하게 불안하더라고요."

바로 역시 상황이 심상치 않다는 것을 짐작하고 있었다.

"많이 불안해?"

"네. 처음에는 굳이 로그아웃을 하지 않고 다른 클랜원들처럼 플레이할 수 있다는 말에 별생각이 없었는데, 굳이 그래야 할까 싶은 생각이 들더라고. 누나들이야 따로 하는 일이 없다고는 하지만 그래도 종종 나와서 개인적으로 할 일도 있을 거고, 제 경우에는 이제까지 해 온 대로 하루에 2시간 정도는 게시판을 관리해야 하거든요."

바로의 말을 들은 가온은 자신이 세 사람의 상황을 제대로 고려하지 못하고 즉흥적으로 결정한 것이 너무 미안했다.

"그리고 무엇보다 프리우스급 캡슐을 사용하면 형이랑 가끔 이렇게 만나는 것도 힘들어질 것 같아요. 게임에 몰두하다 보면 가족 등 당연히 신경 써야 하는 일들까지 잊어버리거나 관심이 크게 떨어질 것 같거든요."

역시 똑똑한 녀석답게 상황을 제대로 파악하고 있었다. 사실 가온만 해도 오랫동안 로그아웃을 하지 않다 보니 현실의 일은 거의 신경 쓰지 못하고 있지 않은가.

"그래. 두 사람과 의논을 한 후 내일 바로 온 사형에게 그렇게 말해 봐. 사형이 없으면 셋이 결정한 대로 하고 나중에 보고하면 되지. 사형도 세 사람이 고심 끝에 내린 결정을 탓하지는 않을 것 같아."

"대장님이라면 그렇겠지요. 역시 형이랑 의논하길 잘한 것 같아요. 누나들과 다시 의논을 해 볼게요. 형, 잠깐 화장실 좀 다녀올게요."

바로는 이제 취기가 오르는지 자리에서 일어나더니 비틀거리며 화장실로 향했다.

술을 꽤 마셨지만 가온은 별로 취기를 느낄 수 없었다.

바로와 술을 마시면서 대화를 나누다 보니 동생이지만 제누나처럼 똑똑해서 그런지 현타가 온 현재 상태에 대한 조언도 그렇고 그가 몰랐던 어나더 문두스에 대한 유용한 정보들을 들을 수 있었다.

'그나저나 현타에는 휴식이나 새로운 환경이 직방이

라…….'

자신보다 어리지만 자유롭고 적극적인 성격과 부유한 집안 덕분에 더 어릴 때부터 많은 경험을 한 바로의 말이 자꾸 옳다는 생각이 들었다.

생각해 보면 예지몽을 꾼 후 참 열심히 살았다. 그 이전이라면 상상하지 못할 정도로 말이다.

그런데 벼리 덕분에 가상현실이 아니라 실제 세상이라는 사실을 알게 된 어나더 문두스에서 워낙 치열하게 살다 보니 생각이 바뀌었는지 그 이전까지 꽤나 즐겼던 생활이 이젠 전혀 즐겁지 않았다.

지금 생각해 보면 왜 그렇게 음주와 유흥을 즐기는 것이 좋았는지 모르겠다. 술이 깨면 꼭 후회하면서 말이다.

'아마 어려서 그랬겠지, 그때는 호구나 다름없기도 했고.'

지금도 그때 생각을 하면 얼굴이 벌겋게 달아오른다. 설사 회귀가 가능하다고 해도 그때로는 절대로 돌아가고 싶지 않았다.

가온은 어쩌면 자신에게 현재 가장 필요한 것은 휴식일지도 모른다고 생각했다. 그만큼 여유가 없이 살아왔다는 생각이 들었다.

휴식이라는 단어를 떠올렸을 때 가장 먼저 생각이 난 것은 여행이었다.

어나더 문두스가 전 세계적으로 폭발적인 인기를 끌어서

현실 관광객이 크게 줄었다는 기사는 어디선가 본 적이 있었지만 그래도 여행객은 많을 것이다.

'그렇다고 혼자 여행을 가는 건 아닌데. 차라리 탄 차원에서 대원들에게 함께 가자고 권해 볼까?'

문득 그런 생각이 들었지만 어쩐지 안 될 것 같았다. 특히 고문들의 경우 스승인 나크 후부터 시작해서 다들 소드마스터에 입문한 상태라서 수련이 아주 중요한 시기였기 때문이다.

그렇게 이런저런 생각을 하는 사이에 바로가 화장실에서 돌아왔다.

"이제 그만 마실까?"

"에이, 형, 당연히 더 마셔야죠."

그렇게 말한 녀석이 맥주 한 모금을 마시더니 바로 테이블에 머리를 대고 일어나지 않는다.

'그렇게 많이 마신 것 같진 않은데. 헉! 아니구나!'

생각해 보니 3시부터 지금까지 세 군데나 돌아다니면서 소주와 맥주를 꽤 많이 마셨다.

'예지몽을 꾼 직후부터 그랬지만 현실에서도 마나를 축적한 이후 내 몸 상태가 엄청나게 좋아진 것을 잊고 있었어.'

얼마나 몸 상태가 좋아졌는지 지금은 주량을 아예 모를 정도였다. 몸이 알아서 거의 실시간으로 알코올을 분해해 버렸기 때문이다.

몇 번이나 바로를 깨워 봤지만 녀석은 알아들을 수 없는 소리만 내뱉을 뿐 눈조차 뜨지 못했다.

결국 가온은 매디에게 전화를 하고 나서야 녀석을 업어서 집으로 데려다줄 수 있었다.

집에 돌아온 가온은 취기는 느껴지지 않았지만 대신 몸에서 술 냄새가 나자 바로 옷을 벗어서 세탁을 돌리고 욕실로 향했다.

샤워를 하던 가온은 바로와의 대화를 떠올리며 여행은 일단 휴가가 끝난 이후에나 고민해야겠다는 결론을 내렸다. 지금 아보린에 없는 대원들이 더 많았기 때문이다.

'그건 그렇고 창천길드가 랑트에 출현했다고 했지.'

현타도 현타지만 오늘 바로와 만난 것이 의미가 있는 이유가 하나 더 있었다. 바로가 알려 준 정보가 자신과 깊은 연관이 있었던 것이다.

자신만의 정보 게시판을 운영하는 바로는 자신이 처음 플레이를 시작한 아그레브 자작령이나 가온이 시작한 랑트 남작령에 대해 관심이 많았다.

그런데 최근에 정보게시판에 조폭들이 결성한 것으로 보이는 창천길드라는 길드가 랑트에 나타나서 온갖 패악질을 부리며 플레이어들을 겁박한다는 내용의 게시물이 올라왔다고 했다.

또한 이상하게도 그들이 어나더 문두스 출시 직후에 랑트에서 게임을 시작한 플레이어들에 대해서 묻고 다닌다는 게 시물도 있었다고 했다.

'날 찾는 거야!'

가온은 바로의 말을 듣는 순간 그 사실을 알 수 있었다.

창천길드는 예지몽 속에서 장호 무리가 속한 길드로, 길드장은 창천 파이낸셜의 대표이자 폭력 조직인 창천파의 두목이었다.

창천파의 두목은 민호의 사촌으로 조폭치고는 머리도 좋고 과감한 행동력이 있어 조직의 사업체 중 하나인 사채업을 양지로 끌어내 모르는 사람들은 성공한 사업가로 알고 있었다.

그런 창천길드가 자신을 찾는다는 것은 사기를 미리 밝힌 것에 대한 복수를 하려는 목적일 것이다.

'일단 확인부터 해 보자.'

창천길드에 대한 내용이 예지몽과 같다면 그건 장호 무리가 자신을 노린다고 봐야 했다.

'나는 나름 봐 준 것인데 만약 그들이 나를 해칠 생각으로 찾는 거라면 이번에야말로 절대로 가만 둘 수 없지.'

가온에게는 누구보다 의지가 되는 벼리라는 존재가 있다.

'한창 마법 수련에 빠져 있을 텐데 불러내서 좀 미안하지만 어쩔 수 없지.'

샤워를 하고 나온 가온은 캡슐로 들어가서 벼리를 호출했
다.

-왜요, 오빠?

'한창 수련하는데 방해해서 미안해.'

-아니에요. 무슨 일인데요?

'사실은……'

가온은 바로에게 들은 창천길드에 대한 내용을 털어놓았
다.

-그럼 그들이 랑트에 나타난 게 오빠를 찾기 위해서라고
생각하는 거죠?

'맞아! 그자들, 특히 장호를 하수인으로 삼아서 사기를 치
려고 했던 민호와 선애나 그 배후에 있던 자들의 입장에서는
내가 큰 계획을 망가뜨렸다고 생각할 테니 복수를 하겠다고
그러는 거 아닐까 싶어.'

-확실히 일리가 있네요.

'그래도 내가 과민하게 생각하는 것일 수도 있으니 한번
확인을 해 보고 싶어. 가능하겠어?'

-당연하죠.

역시 벼리가 있어서 다행이다.

'그럼 조사를 좀 부탁할게.'

실체는 없지만 장호 무리의 사기 건과 관련된 증거를 확보
한 벼리의 능력을 믿었다.

─그리고 오빠에게 부탁할 게 하나 있어요.

'뭔데?'

뭔가 부탁을 하려는 걸까?

─캡슐 하나만 더 구입하면 안 될까요?

'캡슐을?'

─네. 창천길드 얘기를 들으니 혹시 모를 상황에 대비해서 오빠가 따로 플레이하고 있다는 기록을 해 두어야만 할 것 같아요.

'굳이 그럴 필요가 있을까?'

─전 있다고 생각해요. 이번에 헤븐힐 일행이 프리우스급 캡슐을 받는 일로 인해서 오빠까지 관심의 대상이 될 수도 있거든요.

'내가? 누구의 관심을 받을 수 있다는 거야?'

─세이뷰어 컴퍼니가 될 수도 있고 헤븐힐 일행에게 캡슐을 주기로 한 세력에서도 세 명의 플레이 내용을 조사할 수 있어요. 플레이 내역이야 로그 파일을 조사하면 바로 알 수 있어요. 어쩌면 한국 정부 쪽에서도 조사를 할 수도 있고요.

'그게 그렇게까지 중요한 일인가?'

─전 그렇게 생각해요. 16개국에서 겨우 1천 명을 선발해서 프리우스급 캡슐을 지급했어요. 당연히 세이뷰어는 물론이고 국가에서도 캡슐의 주인들을 주시하고 있지 않을까요?

생각해 보니 충분히 일리가 있는 추론이었다.

캡슐 덕분에 현실에서도 초인적인 능력을 가지게 된 초랭
커들은 해당 세력이나 국가 그리고 세이뷰어 측에서 실시간
으로 모니터링할 가능성이 높으니, 주변에 대한 조사까지 실
시할 가능성 역시 무척 높았다.

'자연스럽게 내 존재가 드러날 수도 있겠네.'

─맞아요. 그런데 세 명과 함께 어울리는 거의 유일한 사
람이 어나더 문두스를 플레이한 기록이 없으면 당연히 이상
하게 생각할 수도 있어요.

만약 헤븐힐 일행이 아무 생각 없이 자신의 플레이 내용에
대해서 말한다면 그렇게 될 것은 틀림없다.

─심하면 이 집을 수색할 수도 있고요.

그런 사태가 오면 절대 안 된다. 그렇게 되면 캡슐과 벼리
의 존재가 세상에 드러나는 것은 물론 자신까지 공개될 것
이다.

아니다. 공개가 되는 것은 차라리 낫다. 어쩌면 비밀 세력
에 끌려가서 죽을 때까지 고문을 당할 수도 있었다.

'알았어. 바로 신청할게. 이왕이면 최신형이 낫겠지?'

프리우스급 캡슐과는 손색이 있기는 하지만 기본형보다는
여러 면에서 뛰어난 사양을 갖춘 캡슐은 이미 출시되어 불티
나게 팔리고 있었다.

─당연하죠.

캡슐을 구입할 돈은 충분했다.

음모

그렇게 창천길드 건을 벼리에게 부탁한 가온은 갑자기 성현이를 떠올렸다.

'혹시 내가 플레이 중에 걸려 온 전화 중 성현이의 것도 있었니?'

가온은 정보 던전에 들어가기 직전에 벼리에게 부모님이 건 전화를 제외하고는 받지 않도록 부탁했었다. 물론 전화가 왔다는 말을 듣고도 나가면 해야지 하면서 미뤘지만 말이다.

만약 장호와 관련된 어떤 일이 있었다면 성현이는 알고 있을 것 같았다.

-네, 있어요. 보름 전부터 사나흘 간격으로 전화가 왔어요.

역시 생각한 대로였다. 그동안 내내 연락이 없다가 보름 전부터 몇 번이나 연락이 왔었다면 분명히 자신에게 알릴 중요한 용건이 있었다는 말이다.

'친구들에게 미안하네.'

자신에게는 실제이기 때문에 더욱 몰입할 수밖에 없었지만 가끔은 부모님과 친구들과도 시간을 가졌어야만 했다. 어쨌거나 그가 나중에 살아갈 세상은 바로 이곳 지구였다.

가온은 대학 친구들에게 무심했던 자신을 자책하면서 바로 성현에게 전화를 걸었다. 시간이 늦었기 때문에 설사 어나더 문두스를 하더라도 로그아웃했을 가능성이 높았다.

'받아야 하는데…….'

같이 휴학을 했지만 성현은 사교성이 좋고 친화력이 높아서 많은 사람들과 두루 친하게 지냈다.

-어! 가온아!

성현이 반가운 목소리로 전화를 받았다.

"몇 번 전화한 모양인데 어나더 문두스에 푹 빠져서 못 받았네. 잘 지내지?"

-하하하. 그럴 줄 알았어. 나도 그렇거든. 나야 별일 없는데 혹시 장호 녀석 안 찾아왔어?

역시 예상했던 대로 성현이가 전화를 한 건 장호 때문이었다.

"그 자식이 무슨 낯짝으로 날 찾아와?"

-그놈 얼마 전에 사기죄로 기소유예가 떨어졌어. 어쨌거나 피해자들

과 합의를 한 데다가 초범이라서 운이 좋았던 거지. 처음에는 화가 나서 방방 뜨던 동기와 선배 들도 부모님과 함께 찾아와서 싹싹 빌면서 합의를 부탁하니 어쩔 수 없이 합의를 해 주었거든.

"운이 좋았네."

기소유예라면 범죄를 저질렀다고 인정은 하지만 초범이나, 피해자들과 합의를 했을 때 혹은 피해액이 경미할 때 검사가 재판을 청구하지 않는 처분을 말한다.

─그런데 얼굴도 두껍지, 보름 전에 다른 애들한테 연락해서 네 소식을 수소문했다고 하더라고. 며칠 전에는 선애 누나가 동기인 조교 누나한테 전화해서 네 집과 부모님네 주소도 물었는데, 개인 정보라고 안 가르쳐 주었다고 하더라. 아무래도 찜찜해서 말이야.

마침 바로에게 창천 길드에서 자신을 찾는다는 말을 들었는데 대상이 자신뿐 아니라 부모님까지 포함된다고 하니 기분이 바닥까지 내려갔다.

전화번호를 바꾸지도 않았는데 자신에게 직접 연락을 하지 않고 뒤에서 은밀하게 자신이 살고 있는 집과 본가 주소를 알아봤다면 분명 좋지 않은 의도를 가지고 있는 것이 틀림없었다.

'정작 나는 가만히 있는데 이 새끼들이 난리네.'

복수는 자신이 해야 하는 상황인데 장호를 포함한 사기꾼들이 자진해서 찾아온다면 자신으로서는 바라 마지않는 일이다.

'대체 이놈들을 어떻게 해야 할까?'

순간적으로 머리가 뜨거워졌다. 극심한 분노가 치밀어 오른 것이다.

'진정하자!'

가온은 애써 끓어오르는 분노를 억눌렀다.

'부모님이 위험할 수도 있어!'

놈들이 자신만 찾는 것이 아니라 천안 본가까지 찾는다는 사실이 걱정스러웠다.

"그런데 그 자식 연락을 받아 주는 애들이 있네?"

─미친 것들이지. 사람은 어지간하면 고쳐 쓰는 법이 아닌데.

사실 예지몽 속에서는 자신도 그런 미친 것들 중 하나였다. 그렇게 당하고도 모자라서 놈의 말에 다시 속아서 호구 짓을 했으니 말이다.

"그런 애들이 꼭 나중에 사기를 당하고 나서 후회하지. 넌 별일 없지?"

─어나더 문두스에 푹 빠져서 등한시했던 학원을 요즘은 열심히 다니고 있어.

"드론 학원?"

성현이가 군에 가려고 휴학을 한다고 했으니 다닐 학원이라면 거기밖에 없었다.

─응. 2급까지는 따 두어야 군대 가서 힘들지 않을 거라고 하더라고.

요즘 군 전력은 현대화가 진행되어 많은 인원이 필요하지 않다. 그래서 2급 이상만 현역 입영 대상인데 급여가 상당히 높은 편이라서 옛날과 달리 다들 가려고 했다.

현역이라고 해도 예전처럼 도시와 뚝 떨어진 전방에서 부대 생활을 하는 경우는 많지 않다. 정찰 및 경계 임무는 곳곳에 있는 통합 전자부대에서 주로 드론을 조작하는 방식으로 수행하는 것이다.

드론은 무인기만을 의미하지 않는다. 다양한 용도의 무인 잠수정까지 포함하는 것이다.

삼면이 바다에 산악지대가 많은 한반도의 특성상 다양한 목적으로 개발된 드론의 효용이 워낙 커서 지금은 전체 병력의 3분의 2가량이 이 분야에 종사한다.

그래서 국방 예산의 절반 이상이 드론 개발과 구입에 사용되고 있었는데, 다른 나라들의 상황도 크게 다르지 않았다. 요즘 전쟁은 사람 대신 무인기와 로봇 들이 치르는 것으로 바뀐 것이다.

가온은 성현이 걱정되어 전화한 것이라는 사실을 알고는 적잖이 안심이 되었다.

그래도 성현이는 다른 애들과 달리 자신을 걱정하고 있으니, 그동안의 대학 생활이 전혀 의미 없는 건 아닌 것 같았다.

성현과 조만간 한번 보기로 하고 전화를 끊은 가온의 눈에 살기가 감돌았다.

'이렇게 나온다면 제대로 혼을 내 줘야겠는걸.'

현재의 육체 능력이라면 조폭 몇 명은 어렵지 않게 제압할 자신이 있었다. 아니, 암습이라면 수십 명도 감당할 수 있을 것 같았다.

그래서 장호 무리가 자신을 찾는다고 해도 성현이가 우려하는 것과 달리 전혀 겁이 나지 않았다. 아니, 오히려 기대하고 있었다.

'만일 내가 힘이 없었다면 불안하고 두려워서 미칠 것 같았겠지?'

이래서 힘이 있어야만 했다. 그것이 육체적인 전투력이든 권력이든 말이다.

그래서 사회 저명인사들의 자제들이 사고를 치는 것이다. 어떤 짓을 하든 부모가 감당할 수 있다고 믿으니 말이다. 자신의 실질적인 힘도 아닌데도 말이다.

또 실제로 같은 짓을 했어도 뒷배가 없는 평범한 사람들은 전과자가 되지만 그런 놈들은 잘도 법망에서 빠져나왔다. 그러니 오래전에 어떤 범죄자가 말했다는 '유전무죄 무전유죄'라는 말이 아직도 쓰이는 것이고.

'다행히 지금의 나는 힘이 있어!'

남들을 말을 해 봐야 믿지 않겠지만 자신은 현실에서도 마나, 즉 기를 사용할 수 있었다. 마법 또한 마찬가지다.

하지만 현실이라는 환경으로 인해 마음대로 행동할 수 없다는 제한도 있었다. 어쨌거나 대한민국은 서구권에서는 통제국가라고 여길 만큼 CCTV로 도배가 된 나라이니 말이다.

가온은 놈들을 어떻게 상대해야 할지 고민하기 시작했다.

'놈들은 분명히 현실의 폭력 조직을 이용해서 나나 부모님에게 해를 가하려고 할 거야.'

장호는 물론이고 민호나 선애는 사기꾼에 불과하다. 놈들이 직접 그의 앞에 나타나서 헛짓거리를 할 리는 없었다. 사금융회사인 창천 파이낸스를 운영하는 민호의 사촌 형이라는 자가 이끄는 조직이 움직일 것이 분명했다.

'주먹에는 주먹으로!'

처음에는 놈들을 폭력으로 응징하려고 했는데 생각해 보니 그렇게 되면 자신이 관여되었다는 사실을 감추기 힘들었다.

놈들을 응징할 능력은 충분했다. 현실의 육체는 환골탈태와 같은 변화가 일어났거니와 이계의 마나에 해당하는 기를 사용할 수 있게 되었기 때문이다.

거기에 마법 능력까지 있으니 전혀 놈들이 겁나지 않았다.

'그래도 일단 상황 파악이 먼저다.'

징치 수위는 놈들이 자신에게 어떻게 하려는지에 달렸다. 벼리가 있고 기를 사용하는 능력이 있으니 어떻게든 처리할 자신이 있었다.

다만 법은 아니다. 법에 의한 처벌로 자신의 행동을 후회하거나 개심할 자들이 아니다.

　당장 자신들의 사기 계획을 무력화시켰다는 이유로 자신을 해코지할 생각을 하고 찾는 것만 봐도 알 수 있었다.

　"아!"

　생각해 보니 놈들이 자신의 거주지를 알고 있을 가능성도 있었다. 자금력까지 갖춘 폭력 조직이라면 행정전산망과 관련된 인물 한 명 정도 매수하는 것은 어려운 일이 아니다.

　거기에 자칫 잘못하면 부모님에게 해가 갈 수도 있었다. 자신을 쉽게 찾지 못하는 상황이라면 말이다.

　차라리 놈들이 자신을 먼저 노린다면 어떻게든 대처할 수 있는데, 부모님부터 노린다면 문제다.

　그 생각을 하자 마음이 급해졌다.

　'벼리야, 혹시 사람도 찾을 수 있겠니?'

　―당연하죠. 전자기기를 사용하지 않는다면 몰라도 쓴다면 얼마든지 가능해요. 현재 위치는 물론이고 동선까지 파악할 수 있어요. 오빠 친구가 말한 그자들을 찾는 거죠?

　'응.'

　벼리도 장호 무리와 얽힌 일을 잘 알고 있었다. 그 당시에 벼리 덕분에 놈들의 흉계에 대한 증거를 확보할 수 있었다.

　―아주 질이 나쁜 인간들이네요. 오빠가 해킹을 허락해 준다면 그들에 대한 모든 것을 파악할 수 있어요.

　'모든 것을?'

-네. 통화 내역과 SNS 사용 내역 그리고 신용카드 사용 내역은 물론 CCTV를 통해서 집 안팎의 활동을 파악할 수 있어요.

안 그래도 국토가 작은 나라이고 대부분 도시에서 거주하기 때문에 대한민국은 그야말로 CCTV의 나라라고 해도 과언이 아닐 정도였다.

개인적인 자유를 생각하면 부담스럽고 꺼려질 수밖에 없지만 CCTV 덕분에 범죄율은 크게 떨어졌으니 일장일단이 있었는데, 현재 가온에게는 유리하게 작용했다.

'좋아! 당장 해 줘.'

해킹으로 부정한 일을 하려는 것이 아니니 양심의 가책을 받을 일은 없었다.

벼리의 능력은 역시 대단했다. 채 30분도 지나지 않아서 가온이 부탁한 일을 해냈던 것이다.

-오빠!

'그래, 찾아봤어?'

-이놈들 정말 안되겠어요!

의념이었지만 벼리가 얼마나 화가 났는지 여실하게 느낄 수 있었다.

'무슨 일인데?'

-장호, 민호, 선애, 이 세 사람이 접속한 다크그램을 해킹

했는데 내용이 너무 충격적이었어요.

'무슨 내용인데 그래?'

놈들이 자신에게 악의를 가지고 있을 것은 뻔했지만 인공지능인 벼리가 이토록 화가 날 정도라니 그 내용이 궁금했다.

ㅡ그 세 명은 창천파라는 폭력 조직과 공모해서 오빠 부모님을 납치한 후 사기를 성공했을 때 얻었을 기회 수익을 확보하려고 하는 것은 물론 오빠를 납치한 후 폭행, 고문해서 지적 장애인에 가까운 상태로 만든 후 자신들이 운영하는 소위 공장이라는 작업실에서 노동을 시키려고 모의했어요.

'날 망가뜨린 후에 공장에서 일을 하게 만들려고 모의했다고?'

믿기가 힘들었다. 아무리 자신 때문에 계획했던 사기가 무위로 돌아갔다고 해도 그 정도까지 계획하다니.

공장이라면 직업을 대장장이와 같은 제작 계열의 플레이어들을 모아서 단순 작업을 반복하게 만드는 장소일 것이다.

주로 사채를 빌렸다가 갚지 못한 사람들이 어나더 문두스를 통해서 이런 식을 빚을 갚는다는 얘기를 어디선가 들은 것 같았다.

아마 가상현실이 새로운 산업으로 떠오른 후 그간 해 왔던 고금리 불법 사채업이 지지부진해지자 창천파는 이런 식으로 플레이어들을 이용해서 불법적인 수익을 올리고 있었던 모양이다.

'죽일 놈들!'

법치국가에서 이런 일을 서슴지 않고 벌이는 폭력 조직이 암약을 한다니 황당했다.

그런데 너무 화가 나서 그런지 오히려 담담해지는 것 같았다.

'어떻게 예상을 하나도 벗어나지 않는 거지?'

정말 자신이 살아가는 이 세상에 왜 이런 쓰레기들까지 있어야만 하는지 진심으로 궁금했다.

아무튼 놈들의 운명은 이것으로 결정이 됐다.

'난 정말 너희들이 개심을 하지 않아서 좋구나!'

그랬다면 이렇게 제대로 복수할 기회가 오지 않았을 것이다.

'그럼 놈들이 이미 내 주소와 천안 집 주소를 확보한 거야?'

－네, 오빠. 학교나 행정관청의 누군가가 오빠의 개인정보를 넘겼어요. 그래도 다행히 천안 쪽과 오빠 모두 모레 저녁에 창천파의 행동대원들이 습격하기로 예정되어 있어요.

그 소리를 들은 가온이 가슴을 쓸어내렸다.

정말 다행이다. 만약 바로에게 창천길드의 움직임에 대해서 듣지 못했다면, 성현에게 장호 무리의 움직임을 듣지 못했다면, 자신은 몰라도 부모님은 평생 정신적인 후유증이 남을 불행한 일을 당할 뻔했다.

'이틀만 늦었으면 정말 큰일이 날 뻔했어.'

가온은 진심으로 성현이에게 감사했다.

'나중에 좋은 선물이라도 해 줘야겠네.'

자신이야 마나를 사용할 수 있는 능력도 있고 벼리가 있으니 어떻게든 찾아온 놈들을 조졌을 테지만, 부모님은 다르다.

만일 놈들이 먼저 부모님을 납치했다면 자신도 협박으로 인해서 사건이 다르게 진행될 수도 있었다.

이렇게 되면 대원들에게 휴가를 주기로 한 자신이 지척까지 다가온 위협에 가장 큰 공을 세운 것이나 다름없었다. 그렇지 않았다면 바로를 만나지 않았을 테고 창천 길드에서 자신을 찾는다는 사실도 알지 못했을 테니 말이다.

가온은 깊이 안도하는 한편 너무 화가 났다.

마음 같아서는 당장이라도 놈들을 찾아가서 모조리 죽이고 싶었지만 이곳은 탄 차원이 아니다.

'대체 놈들을 어떻게 징치해야 할까?'

—어디까지 손을 볼 생각인데요? 죽일 건가요?

이건 벼리를 대상으로 물은 건 아니지만 방금까지 의념을 주고받았던 터라 그녀는 자신에게 물었다고 생각한 모양이다.

'그럴 수는 없지만 다신 사기를 치지 못하게 해 주고 싶어.'

마음 같아서는 죽여 버리고 싶었지만 현실은 어나더 문두스의 무대인 탄 차원과는 다르다. 힘이 있는 자들은 법망을 피해 가는 경우가 많지만 엄연히 법이 살아 있는 것이다.

가온은 아직 사회생활을 하지 않아서 그런지 범죄 중에서 자신이 예지몽 속에서 당했던 사기가 가장 큰 범죄처럼 느껴졌다.

살인이나 강도 등 흉악범죄는 아니지만 사기 역시 그에 못지않게 많은 사람들을 오랫동안 힘들게 만드는 범죄였다.

더구나 한국 법이 이상해서인지 금융사기 범죄자들은 피해구제를 제대로 하지 않음에도 피해자들이 만족할 만큼 오래 감옥살이를 하지도 않는다.

사실인지는 알 수 없었지만 출소한 후에는 많은 사람들에게 피눈물을 흘리게 만들고 숨겨 두었던 돈으로 호의호식을 하거나 또다시 사기 치는 일을 반복하는 경우가 많다고 들었다.

그러니 법에 놈들의 처분을 맡기는 것은 전혀 성에 차질 않았다.

장호만 해도 언제 그런 짓을 저질렀느냐는 듯 흉악한 내심을 숨기고 뻔뻔하게 친구들에게 다시 접근해서 자신을 찾고 있지 않은가.

마음 같아서는 평생 자신이 저지른 일을 후회하며 비참하게 살게 해 주고 싶었지만 사법당국의 눈을 피해서 그렇게 하기는 쉽지 않았다.

　─오빠, 그럼 앙헬을 한번 이용해 보는 건 어때요?

　'앙헬을? 어떻게?'

　─그녀는 기본적으로 악마잖아요. 원래 몽마는 꿈을 통해서 인간의 정혈을 갈취하는 능력이 대표적이지만, 기본적으로 인간의 정신을 파고들어서 공포나 혼란을 느끼도록 하는 방식으로 망가뜨린다고 알고 있어요.

　맞다. 지금 앙헬의 능력이라면 자신이 직접 나서지 않아도 놈들에게 최고로 무거운 벌을 내릴 수 있었다.

　평생 제대로 운신할 수 없도록 생명력을 빼앗아 버려도 되고 자신의 생각보다 더 질이 안 좋다면 평생 정신병원에서 지낼 정도로 강한 정신착란을 일으키도록 할 수도 있었다.

　어쩌면 현실의 법에 저촉되지 않으면서도 놈들을 더 고통스럽게 만들 수 있는 최고의 방법일지도 모른다는 생각이 들었다.

　'좋아! 일단 확인부터 해 보자.'

　가능 여부를 확인하고 나서 결정하는 게 순서다.

　가온은 바로 앙헬을 불렀다.

　─왜요, 주인님?

예자몽으로
히든랭커

앙헬이 가온 앞에 모습을 드러냈다.

'훕!'

가온은 그녀를 본 순간 숨을 들이켰다. 그녀의 모습이 오늘따라 눈이 부시게 아름다웠을 뿐 아니라 남자의 본능을 강하게 자극했다.

눈을 돌리려고 했지만 앙헬은 도저히 눈을 뗄 수가 없을 정도로 치명적인 매력을 뿜어내고 있었다.

보통 여전사 복장을 하고 나타나는 탄 차원과 달리 화려한 색상과 디자인의 속옷이 훤히 들여다보이는 얇은 드레스를 입고 날고 있는 앙헬의 모습은 치명적일 정도로 아름다웠다.

끝부분이 하트 모양인 긴 꼬리가 좀 깨서 그렇지 몸의 굴곡이나 미모로만 보면 가온이 살면서 본 그 어떤 여자보다 예쁘고 아름다웠다.

거기에 선정적인 모습과 달리 얼굴이 베이비페이스였고 짓고 있는 표정에서 귀여움이 두드러져서 그런지 순수한 매력도 가지고 있었다.

다만 가온도 젊은이였기에 거의 벗은 것과 다름없는 그녀의 모습에 어쩔 수 없이 피가 뜨거워지고 몸이 정직하게 반응했지만 애써 그런 기색을 숨겼다.

"네 모습은 나만 볼 수 있는 것이 맞아?"

-네, 주인님.

다행이다. 이 모습을 사람들이 모두 볼 수 있다면 아마 세상은 난리가 날 것이다.

"네가 해 주었으면 하는 일이 있어."

가온은 버리로부터 들은 내용을 확인했다.

─당연히 가능하죠. 그들로부터 어떤 식으로든 피해를 입은 사람들을 꿈에 등장시켜서 영혼에 반복해서 충격을 주면 제정신을 유지할 수 없을 거예요.

생각보다 인간의 정신력은 약하다. 분명히 앙헬의 말대로 될 것이다.

─그런데 제가 처리할 대상이 몇 명이나 되나요?

그러고 보니 어느 선까지 징치를 해야 할지 결정을 하지 못했다.

'버리야, 네가 생각하는 대상은 얼마나 되니?'

─기준이 있어야 대상을 정할 수 있어요.

'그럼 자신의 가족은 물론 타인에게 오랫동안 정신적, 육체적 피해를 주는 행동을 한 자들을 대상으로 해.

그 정도로 사람들을 괴롭힌 자는 당연히 벌을 받아야만 한다고 생각했다.

─오빠가 말한 것을 기준으로 판단하면 42명이에요.

조사한 정보가 많은지 바로 대답이 나왔는데 참 많기도 하다.

한 명이 저지른 범죄로 인해서 고통을 받았을 사람들을 생각하면 그 숫자가 가지는 무거운 의미를 충분히 짐작할 수 있었다.

─주인님, 말씀하신 내용대로 정신을 무너뜨리는 것은 가능한데, 대상이 스물을 넘어가면 지금의 제 능력으로는 제대로 수행하기가 어려워요.

그 말을 들은 가온은 바로 아공간에서 죽음의 기운이 농축된 구슬을 꺼내 주었다.

하지만 앙헬은 고개를 저었다.

─처음부터 다른 악마처럼 생물의 부정적인 정신 에너지를 흡수하는 방식으로 성장했다면 몰라도, 단순히 정혈을 흡수하는 것이라면 모르겠지만 다수의 정신을 일정 수준까지 파괴하려면 지금의 제 능력으로는 무리예요.

'능력을 올릴 방도는 있어?'

─네. 극도로 정제된 순수한 정기가 필요해요.

'설마 그 정도 능력을 발휘할 정혈을 아직 흡수하지 못한 거야?'

─혼탁하거나 오염된 정혈을 가진 인간 수만 명보다는 주인님의 경우처럼 순수하고 강력한 한 명의 정혈을 흡수하는 편이 성장에 도움이 돼요. 아주 조금만 흡수하게 해 주세요.

결국 자신의 정혈을 흡수하겠다는 말인데 이번 일의 중요성을 생각하면 거부할 수가 없었다.

'후유! 태생이 악마라서 그런지 도저히 거부할 수 없는 상황을 제대로 이용하네.'

아무래도 야한 꿈을 감수해야만 할 것 같았다.

'그런 꿈을 꾸면 한동안 힘든데…….'

젊어서 그런지 몸 상태가 최상이라서 그런지 한번 피가 끓어오르면 한동안 그 상태가 유지되었다. 사실 지난번에도 후유증이 오래 갔다.

ー주인님이 언젠가 이런 말을 한 적이 있어요, 피할 수 없다면 즐기라고.

빌어먹을! 어쩔 수 없었다. 그리고 어쨌거나 앙헬의 능력이 높아지면 결국 자신에게 도움이 될 것이다.

'알았어. 그럼 오늘 밤만 허락할게. 정기의 1%만 빼 가.'

1% 정도라면 영약을 이용하면 금방 회복할 수 있을 것이다.

ー어머! 좋아라! 주인님, 최고!

쪽!

여자를 안 사귀어 본 것도 아닌데 앙헬의 매혹적인 모습과 체향에 순간적으로 정신을 차리지 못하고 있다가 결국 뽀뽀까지 당하고 말았다.

결국 가온은 자신도 모르게 자신의 품으로 들어온 앙헬을 안기까지 했다. 그녀가 안기는 순간 너무나 자연스럽게 허리를 감싸 안은 것이다.

그때 벼리의 의념이 가온은 물론이고 앙헬에게 전해졌다.

ー야! 너 뭐 하는 짓이야!

―흥! 뭐 하는 짓이라니. 난 그저 주인님에게 감사한 마음을 표현한 것뿐이야. 너야말로 왜 끼어들고 난리야?

―감사하려면 의념으로만 하라고! 누가 악마 아니랄까 봐 우리 오빠에게 꼬리를 치고 있어!

―악마라고 하지만 난 아직 한 번도 선한 인간에게 나쁜 짓을 한 적이 없거든. 그러니까 선입관을 가지고 함부로 하지 말아 달라고.

―지금 하는 짓만 봐도 네가 악마라는 것을 알 수 있어. 감히 우리 오빠를 어떻게 보고!

―흥. 그래서 뭐? 그래 봐야 넌 네 모습조차 구현할 수 없는 존재잖아. 그리고 난 영혼의 맹세를 통해서 절대로 주인님에게 해가 가는 행동은 할 수 없는 존재라고. 그러니까 추한 질투는 하지 말아 줄래.

―질투라니! 이게 어디서 망발이야!

의념이라고 하지만 서로 날이 서 있다는 건 확실히 알 수 있었다.

가온은 둘의 대화를 통해서 오래전부터 벼리가 앙헬을 안 좋게 생각하고 있었다는 사실을 알 수 있었다.

"그만! 앙헬, 넌 당장 돌아가서 나중에 내가 부를 때 찾아오도록 해!"

―네, 주인님.

앙헬은 언제 벼리와 싸웠냐는 듯 싱그러운 미소를 짓고 사라졌다.

'벼리야, 참아. 어디까지나 이번 일에 쓰려고 불러낸 거니까.'

—알겠어요, 오빠.

벼리는 가온이 자신의 편을 들어 준 것이 기쁜지 전해지는 의념에 밝고 긍정적인 감정이 느껴졌다.

'벼리야, 그 세 연놈과 창천파 조직원들의 소재는 확인했어?'

—당연하죠.

'그럼 앙헬에게 좀 알려 줘.'

놈들은 폭력을 동반한 불법 행위로 많은 사람들의 눈에 피눈물을 나게 만들었으니, 앙헬의 성장에 자양분이 될 정혈을 빼앗기는 벌을 받게 될 것이다.

얼마 후 앙헬이 다시 나타났다.

—전 준비됐어요.

'네가 정혈을 흡수하고 악몽을 꾸게 할 대상자들은 벼리가 알려 줄 거야.'

—호호호. 기대가 되네요. 보나 마나 혼탁하기 그지없는 쓰레기와 같은 정혈을 가지고 있겠지만 그래도 없는 것보다는 나을 거예요.

'그건 그렇고 놈들에게 어떤 능력을 사용할 거야?'

–일단 몸에 심한 무리가 갈 정도로 정혈을 흡수한 후에 놈들이 이제까지 살면서 괴롭힌 사람들의 모습을 한 아귀로 하여금 다양한 방식으로 끊임없이 잡아먹도록 할 거예요. 죽을 수도, 기절할 수도 없이 그 과정을 생생하게 느끼도록 하고 꿈에서 깰 때까지 그런 과정을 반복하는 거죠.

앙헬의 말을 들으니 어디선가 듣거나 봤던 지옥의 한 곳이 떠올랐다.

–첫날에는 두 번 꿈을 꿀 거예요. 처음에는 잘 기억이 나지 않겠지만, 이상형인 상대와 환상적인 사랑을 나누는 꿈을 꾸지만 그다음에는 자신이 괴롭힌 사람들에게 잡아먹히는 악몽을 꾸게 될 거예요. 다음 날부터는 악몽이 끊임없이 이어질 거고요. 어지간한 인간은 사흘 정도만 지나면 피골이 상접해지고 잠들지 않으려고 발버둥을 치면서 자연스럽게 약에 의존하다가 결국 정신이 피폐해지겠지요.

한마디로 몸 상태가 최악이 되고 정신착란까지 겪게 되는 것이다.

–정신력이 강하면 강할수록 꿈을 통해 느끼는 고통은 강할 것이고, 그만큼 더 심각한 상태가 될 거예요. 다른 사람을 덜 괴롭혔다면 그만큼 빨리 정상으로 돌아올 수 있지만, 그래도 최소한 몇 년은 지나야 할 거예요.

그 정도면 충분하다. 탄 차원과 달리 지구는 '이에는 이, 눈에는 눈'과 같은 방식의 복수가 허용되지 않으니, 그렇게

라도 징치를 해야 했다.

'마음에 드네. 그럼 수고해!'

자신이 직접 손을 쓰는 것은 아니지만 그 정도면 충분한 복수가 될 것이다.

이제야 마음이 좀 놓였다.

단죄

아직 한밤중인 시간, 잠에서 깬 민호는 머리가 너무 아팠다.

"으으으."

신음을 흘리며 상체를 일으킨 민호는 시계부터 확인했다.

실내의 싸구려 침실 등 불빛에 비친 시간은 채 3시도 되지 않았다.

"시발! 왜 깨고 지랄이야!"

엄청나게 야하고 자극적인 꿈을 꾸던 중이라 중간에 깬 것이 너무 짜증났다.

더 자야겠다고 생각하고 다시 누우려던 민호는 옆에 알몸으로 누운 선애가 입을 쩍 벌리고 한 다리를 이불 위로 올리고 자는, 완전히 풀어진 자세로 코까지 골고 있는 모습을 보고 괜히 짜증이 났다.

인생에서 여성이 가장 빛날 시기임에도 불구하고 얼굴은 엉망이고 아랫배는 젖가슴보다 더 튀어나왔다.

'이젠 완전히 아줌마가 됐네.'

몇 년 동안 술은 물론이고 마약까지 흡입해서 그런지, 예전에는 그렇게 예쁘다고 생각했던 입에서 이제는 시궁창 냄새가 진동을 하는 것 같았다.

한때는 결혼까지 생각했던 여자였고 마음 한구석에는 늘 연민의 감정을 가지고 있었는데, 지금은 정말 정나미가 떨어져 꼴도 보기 싫었다.

"못생긴 년!"

그의 입에서 짜증 가득한 욕설이 튀어나왔다.

어제 안고 잠이 들까지만 해도 자신 때문에 집에서 쫓겨난 것은 물론 수배가 되어 도망치는 생활을 하고 있는 선애를 행복하게 해 줘야겠다는 생각을 했었는데, 오늘 보니 밥맛이 뚝 떨어졌다.

사기꾼인 자신과 얽히는 바람에 신세를 조졌다고 생각하기에 평생은 몰라도 어떻게든 잘살 수 있도록 해 주겠다는 어제까지의 마음은 단 하룻밤 만에 바뀌었다.

자신에 비하면 모든 면에서 부족할 뿐 아니라 자신의 삶에 전혀 도움이 안 되는 여자를 왜 지금까지 끼고 살았는지 알 수가 없었다.

"시발! 꿈에 나온 년은 기가 막혔는데. 쩝!"

그렇게 아름답고 매혹적이며 섹시한 여자는 처음이다. 거기에 자신에게 홀딱 반해서 한시도 떨어지지 않고 온몸을 다 바쳐서 자신의 사랑을 받아들이고 갈구했다.

그 생각을 하니 아직도 아랫도리가 뿌듯했다.

그런데 이상하게 몸이 노곤했다.

'꿈에서 너무 힘을 뺐나?'

몽정이라도 했나 싶어서 이불 속을 확인해 봤지만 아무런 변화가 없었다.

"에이, 몰라!"

민호는 다시 잠을 청했다. 꿈에서 환상적인 시간을 함께했던 그 여인을 다시 만나길 간절하게 바라면서 말이다.

하지만 그의 바람은 이루어지지 않았다. 아니, 오히려 끔찍한 악몽만 꾸게 괴었다.

그에게 사기를 당했던 이들이 꿈에서 아귀 형상을 하고 나타나서 그를 쫓아오더니 붙잡아서 날카로운 이빨로 마구 물어뜯었는데, 너무나 고통스러웠다.

어릴 때 어디선가 읽었던 지옥의 한 곳처럼 자신은 아무리 도망을 치려고 해도 사기를 당한 이들에게 붙잡혀서 온몸을 뜯어먹혔다.

아무리 애를 써 봐도 살과 피를 탐하는 아귀들을 뿌리칠 수가 없었다.

너무 아파서 기절을 하거나 차라리 죽었으면 할 정도였지만 온몸이 뼈밖에 안 남을 때까지 살점을 모두 뜯어먹히는 끔찍한 시간을 보내야만 했다.

그게 끝이 아니었다. 죽었다 싶으면 다시 몸이 정상이 되었고 또다시 아귀처럼 변한 사기 피해자들에게 쫓기고 붙잡혀서 산 채로 잡아먹히는 끔찍한 일이 반복되었다.

그러다가 겨우 정신을 차린 것은 갑자기 들려온 비명 때문이었다.

"아아악!"

선애였다.

번쩍 눈을 뜬 민호가 겁에 질린 얼굴로 주위를 돌아보았다.

사촌 형이 이끄는 창천파의 하부 조직원들이 집단으로 숙식을 하는 방 안이다.

"휴우우!"

겨우 안도한 민호는 이제야 비명을 지른 선애의 모습을 볼 수 있었다.

덜덜덜덜.

북풍에 사시나무 떨듯 온몸을 떨어 대는 선애가 땀으로 젖은 몸을 동그랗게 말고 격하게 숨을 몰아쉬고 있었다.

"왜, 왜 그래?"

"무, 무서워! 흐윽!"

이제야 민호가 눈에 들어왔는지 그를 향해 덮치듯 안기는 선애의 몸을 여전히 거세게 떨고 있었는데, 알몸은 진땀으로 흠뻑 젖어 있었다.

무심코 끌어안기는 했지만 코를 찌르는 악취에 오만상을 쓴 민호는 악취의 근원이 사랑한다고 생각해 왔던 선애의 몸이라는 사실을 인식하고 거칠게 밀어 버렸다.

"아악!"

방심하고 있다가 침대에서 떨어진 선애가 비명을 질렀지만 어제까지와 달리 아무런 감정도 들지 않았다.

"너, 안 자고 밤새 어디 시궁창에서 구르다가 왔냐?"

"으윽! 아파! 그게 무슨? 우우욱!"

선애도 이제야 자신의 몸에서 나는 악취를 인지했는지 토를 하려고 하다가 간신히 참고 화장실로 가는데 꼴사납게 엉금엉금 기어갔다.

"에이, 시발!"

이제야 꾸었던 악몽을 다시 떠올린 민호는 자신도 모르게 몸을 부르르 떨었다.

한 번도 자신에게 맞았거나 사기를 당한 이들에 대한 꿈을 꾼 적도 없었고 양심의 가책도 별로 느끼지 못했던 민호였지만, 어젯밤에 꾼 꿈은 달랐다.

차라리 죽는 게 낫겠다고 생각할 정도로 끔찍했던 것이다.

아직도 아귀 형상이 된 피해자들이 살아 있는 자신의 살을 뜯어먹고 피를 빨아먹던 감각이 너무 선명했다. 물론 그 과정에서 계속 느껴야만 했던 고통도 마찬가지다.

그런데 이상하게 악취가 계속 느껴졌다. 선애는 분명히 지금 욕실에 들어가서 샤워를 하고 있는데 말이다.

문득 자신의 알몸을 내려다보면서 코를 벌름거린 민호는 자신의 몸에서도 악취가 진동한다는 사실을 깨달았다.

악취도 악취지만 자신의 몸도 진땀으로 흥건하게 젖어서 매트는 물론 이불까지 푹 젖어 있었다.

욕실로 가려고 침대 밖으로 나온 민호는 몸에 힘이 안 들어간다는 사실을 느꼈다. 두 다리로 서 있기가 힘들 정도로 힘이 없었다.

"내가 왜 이러지?"

풀썩!

서 있기가 힘들어 결국 침대 한쪽에 앉은 민호는 왠지 자신이 살 만큼 산 노인처럼 느껴졌다. 몸에 힘이 전혀 안 들어가는 것을 물론 아무런 의욕도 나지 않았다.

'그런데 그 여자가 어떻게 생겼더라?'

악몽 전에 꾸었던 환상과 같은 꿈에 나온 여자의 모습이 도무지 기억나지 않았다. 태어나서 처음 보는 아름답고 매력적인 여인이라고 감탄까지 했는데도 말이다.

현실에서는 '창천'이라는 멋진 이름의 파이낸스 금융 회사를 운영하는 일명 푸른 멧돼지, 창돈은 몸에 힘이 들어가지 않아서 늘어지려고 했지만 억지로 힘을 내어 회사에 출근했다.

"뭐야! 아무도 출근하지 않은 거야?"

이제까지 갖은 불법을 저질러 구입한 5층 건물 1층에 있는 회사는 10시가 넘었음에도 닫혀 있었다. 아니, 건물조차 개방되지 않은 상태였다.

덜덜 떨리는 손으로 비밀번호를 누르고 1층 문을 연 창돈은 밤새 갇혀 있었던 텁텁한 공기를 맡고 오만상을 찌푸렸다.

"이 자식들이 빠져 가지고! 평일인데 출근도 안 하고 심지어 문도 안 열다니 오늘 푸닥거리 좀 해야겠네!"

원래 이 건물은 모텔이었는데 사채를 빌미로 거의 강제로 빼앗은 후 1층과 2층은 고금리 대출을 하는 파이낸스 사무실로 만들었고, 3층부터 5층까지는 직원, 즉 조직원들의 숙소로 사용하고 있었다.

그렇기에 더 이해가 가질 않았다. 적어도 30명 이상이 이 건물에 있는 숙소에서 지내고 있었기 때문이다.

환기를 위해 문을 열어 놓은 채 3층으로 올라간 창돈은 복도에 쓰러져 있는 조직원, 아니 직원 세 명을 볼 수 있었다.

"이 새끼들이 뭐 하는 짓이야!"

바닥에 엎어져 허우적거리고 있던 세 명은 창돈을 알아보고 어떻게든 일어나려고 했지만 도무지 몸에 힘이 들어가지 않는 것 같았다.

그래도 한 명은 벽을 잡고 안간힘을 다해 일어났는데 조직의 행동대장인 작두였다.

"대, 대표님."

작두는 양지에서 파이낸스를 운영하고 있는 자신을 대신해서 은밀한 일을 책임지고 있다.

그는 대학을 졸업하고 금융회사를 다녔지만, 타고난 포악한 성정을 억제하지 못하고 약자를 대상으로 칼까지 사용하는 폭력을 행사했다가 전과자가 되었다.

그 후에도 은밀하게 행사했던 폭력 사례들이 공개되면서 8년을 복역한 적도 있었다.

성정이 포악했지만 머리가 좋았고 특히 남을 등치는 데는 타고난 인재였기에, 창돈은 작두를 직접 스카우트했다.

작두에 대해서는 교도소에 간 동생들을 통해 알게 된 것이다.

결혼도 한 번 했었지만 폭행을 참다못한 여자 측의 요구로 어쩔 수 없이 이혼을 했고, 집안에서도 내쳐져서 작두는 아예 이곳 숙소에서 지내왔다.

사회에서는 필요하지 않았지만 수시로 불법 추심과 같은 행위가 필요한 창천파 입장에서는 굉장한 인재였고, 기대한 대로 창천 파이낸스의 사세를 키우는 데 큰 역할을 해서 창돈은 작두를 무척 신임했다.

"작두, 너 왜 그래?"

"몸에 히, 힘이 들어가지 않습니다."

자신과 같은 증상이다. 어릴 때부터 험하게 살았고 꾸준히 운동을 해 온 자신이야 어떻게든 집을 나와서 자율주행차 덕분에 출근을 했지만, 운동도 하지 않고 술과 유흥을 즐기던 작두라면 이렇게 비실거릴 만도 했다.

"너도 악몽을 꾼 거냐?"

창돈은 식은땀이 나고 뼈와 근육이 부들부들 떨렸지만 작두를 부축해서 일으키며 물었다.

"네. 네? 그럼 대표님도?"

"그래. 살면서 이렇게 끔찍한 악몽은 처음 꿨다. 그동안 내가 살면서 손을 좀 봐 준 놈들이 꿈에서 나타나서 괴롭히더라. 뭔가 좀 이상해."

"……저도 그렇습니다. 어릴 때 은밀하게 가지고 놀았던 애들부터 시작해서 전처와 칼로 손을 봐 준 상사까지 꿈에 나타나서 절 괴롭히더군요."

작두는 두목, 아니 대표도 자신과 같은 악몽을 꾸었다는 것이 신기하면서도 한편으로는 무서웠다.

살면서 이런 종류의 일을 많이 듣기는 했지만 실제로 겪을 줄은 몰랐기 때문이다.

창돈은 아직도 일어나지 못하는 두 조직원에게 같은 질문을 했는데, 놀랍게도 자신과 작두가 그랬듯 끔찍한 악몽을 꾸었다는 대답을 들었고 내용조차 비슷하자 얼굴이 파랗게 질렸다.

　밤새 끔찍한 악몽에 시달렸던 직원들은 정오가 다 되어서야 좀비 꼴로 겨우 출근을 완료했다.
　평소였다면 지각을 했다는 이유만으로 당장 죽빵을 날리고 멍이 들도록 정강이를 걷어찼을 창돈은 웬일인지 오늘만큼은 조용했다.
　호화로운 대표실 안에는 어제와 달리 파리해진 안색의 창돈과 작두 그리고 민호와 선애가 앉아 있었다.
　"내일 작업은 취소해야겠다."
　"형님!"
　창돈의 말에 민호가 눈썹을 일그러뜨렸다.
　"애들 상태가 안 좋아. 다들 병원에 가 보라고 했다."
　사실은 자신도 아직 몸 상태가 정상으로 돌아오지 않았다. 사과를 통째로 부술 정도로 악력이 강했던 그지만, 오늘은 라이터를 켜는 것조차 힘들 정도였던 것이다. 도무지 몸에 힘이 들어가지 않았다.
　이 자리를 마친 후에는 자신도 병원에 들러서 진찰도 받고 포도당 주사라도 맞을 생각이었다.

"하, 하지만 장호 녀석에게 약속을 했는데……."

"그 새끼는 왜 안 나와?"

"그건 잘……."

"혹시 그 새끼도 악몽을 꾼 건 아닌지 한번 확인해 봐."

"네, 형님."

민호는 바로 장호에게 전화를 했는데 한참 후에야 상대가 받아서 짧게 얘기를 하더니 이내 끊었다.

"이상합니다. 그 새끼도 악몽을 꾸었다는데 꼼짝도 못 할 정도로 몸 상태가 안 좋답니다."

"민호야, 아무래도 이상하다. 한 명도 아니고 대표님부터 시작해서 우리 애들, 아니 너희들까지 모두 이렇게 비슷한 악몽을 꾸었어."

"뉴스를 검색해 봤는데 아무 일도 없었습니다."

작두는 혹시 새로운 바이러스가 유행하는 건 아닌지 뉴스부터 검색해 봤던 모양이다.

"모두가 비슷한 내용의 악몽을 꾼 것도 그렇고 단순히 악몽을 꾸었다기에는 몸 상태가 최악이야. 어디가 아픈 것도 아닌데 이렇게 무기력할 수가 없어."

평소 몸을 단련하는 것만은 빼놓지 않았던 창돈 자신도 악몽을 꾼 것만으로 이렇게 무기력해졌으니 이상할 수밖에 없었다.

"……확실히 이상하긴 해. 왜 하필 오늘, 아니 어젯밤에 이런 일이 생긴 걸까?"

작두의 말에 창돈이 인상을 쓰며 물었지만 세 사람이 답할 수 없다는 것은 이미 알고 있었다.

"혹시 저주와 비슷한 게 아닐까요?"

한참 만에 나온 작두의 말에 세 사람의 눈이 커졌다.

"저주?"

"누가 우리를 저주한다는 겁니까?"

민호가 그렇게 물었지만 당사자부터 시작해서 이 자리에 있는 네 사람 모두 평생 남을 괴롭히면서 살아왔다는 사실을 모를 리가 없었다.

"민호야, 내일 작업 대상이 누구라고?"

작두가 물었다.

"가온이라고 제 후배이자 장호 새끼와 동기인데 우리 작전을 망친 놈입니다."

"혹시 그 집안에 용한 무속인이 있냐?"

"무속인요? 잘 모르겠습니다. 다만 아버지는 중소기업 부장이고 어머니는 무슨 회계 회사에 다닌다고 들었습니다."

작두가 무속인을 언급한 순간부터 창돈은 물론 민호와 선애의 낯빛이 창백해졌다.

"아무래도 제 생각에는 작업 대상의 집안에 강력한 영매가 있는 것 같습니다. 전에 민호가 하려던 작업이 실패한 것도 그 때문이 아닐까 싶고요. 그놈, 틀림없이 얽히면 안 되는 놈입니다."

작두가 눈에 띄게 파리해진 얼굴로 조심스럽게 말했다.

평범한 사람들이라면 몰라도 이렇게 불법을 일삼으며 살아온 바닥 인생일수록 미신을 신봉하는 편이었다.

"아무래도 불길한 기분이 드는데 어떻게 할까요, 대표님?"

"포기해야지. 원래 작업을 하면 한동안 재수가 없는 치들이 없는 건 아니니까. 똥이 더러워서 피하지 무서워서 피하는 건 아니니까."

'저주'와 '무속인'이라는 단어가 언급된 순간부터 창돈은 왠지 찜찜했다.

산전수전 다 겪은 그도 찜찜한 상태에서 이런 종류의 작업을 하고 난 후에는 재수가 옴 붙었다는 말을 떠올릴 정도로 연달아 불운한 일을 겪은 경험이 있었다.

악몽도 악몽이지만 아무래도 이번 건은 내키지가 않았다.

사실 사촌동생이 하려는 작업을 방해한 놈을 손봐 주고 그 부모로부터 작전이 성공했을 때의 이득을 갈취하는 창천파가 늘 하던 쉬운 일이었다.

하지만 조짐이 너무 안 좋았다. 이번 작업과 관계된 직원뿐 아니라 창천 파이낸스의 진짜 직원들까지 동일한 악몽을 꾸고 비실된다는 것은 결코 평범한 일이 아니었다.

'시발! 마누라가 올해는 삼재인가 뭔가가 들었다고 무조건 몸 사리라고 했는데.'

창돈은 작두처럼 미신을 깊이 믿는 건 아니지만 기분이 너무 좋지 않았다.

　나이가 들수록 졸아드는 가슴 때문인지 어떻게 해서든 이번 작업은 취소를 해야 할 것 같았다.

　"민호야, 이번 건은 포기하자. 악몽 때문에 오늘 회사 영업도 포기했다."

　창돈의 말에 민호는 더 이상 말을 꺼낼 수가 없었다.

　'돈이 다 떨어졌는데. 시발!'

　아무리 사촌이라도 창돈은 돈을 빌려서는 안 될 가혹한 사채업자였다.

　하지만 아무래도 일은 물 건너간 것 같았다.

　자신에게는 누구보다 강한 남자인 창돈마저도 창백한 얼굴에 계속 식은땀을 흘리는 모습을 보고는 더 이상 입을 열수 없었다.

　창돈을 포함한 창천파 조직원들은 오후에 병원을 다녀왔다.

　그런데 진찰을 한 의사는 그들로서는 이해하기 어려운 결과를 내놓았다.

　"지방간 등 평소에 가지고 있던 병증을 제외하면 아무 이상이 없습니다."

　"그런데 왜 이렇게 힘이 없습니까?"

"요즘 스트레스를 많이 받았나 보네요."

"스트레스라면 항상 받는 건데⋯⋯."

생각해 보면 스트레스를 받기는 한다. 현실뿐 아니라 퇴근해서도 밤까지 어나더 문두스를 플레이하면서 영업을 해야만 했기 때문이다.

연이은 바이러스 사태에 이어 비대면이 일상인 사회로 만든 어나더 문두스가 출시한 후, 현실의 사채업이 시들해지자 창돈은 가상의 세계로 진출하기로 결정하고 창천길드를 만들었다.

창철길드는 사냥보다 사냥터를 한동안 독점하고 입장을 원하는 플레이어들에게 골드를 받고 허가해 주거나 좋은 아이템을 가진 플레이어들을 은밀하게 PK 하는 등 현실과 비슷한 일을 하면서 돈을 벌고 있었다.

'어나더 문두스에 진출한 이후 식사를 거르기 일쑤고 툭하면 술 한잔 먹고 자는 게 일상이라서 악몽을 꿀 정도로 몸 상태가 나빠진 걸까?'

그렇게 생각하니 그런 것도 같았다. 그래서 대부분 기운을 회복하는 데 좋다는 영양주사를 맞고 병원을 나왔다.

그날 밤, 힘겨운 하루를 보낸 창천파 조직원들은 불안감을 안고 잠을 청했다.

악몽에 대한 불안감이 얼마나 큰지 그들은 술을 잔뜩 마시거나 혹은 수면제를 처방받아서 복용하기까지 했다. 그들이 꾼 악몽은 그만큼 끔찍했다.

하지만 악몽은 전날에 이어 다시 찾아왔다.

다음 날. 창천 파이낸스 건물은 오후가 되어서도 닫혀 있었다. 심지어 숙소에서 지내지 않는 직원들까지 모두 출근을 하지 못했다.

숙소에서 지내던 민호와 선애는 오후 늦게야 겨우 정신을 차렸지만, 창백한 얼굴에 볼은 홀쭉하고 다크서클은 인중에 가깝게 내려온 몰골이었다.

놀랍게도 연이어 악몽에 시달린 이틀 만에 폐인으로 볼 정도로 몸 상태가 최악이 되어 버린 것이다.

"오빠!"

"왜?"

민호는 이틀 새 열 살은 더 나이가 들어 보일 정도로 초췌해진 선애의 모습에 짜증과 화가 났지만, 평소처럼 반응할 힘이 없었다.

"나 자수하려고."

"……몇 년 형이 떨어질지 모르는데."

왜냐고는 묻지 않았다. 자신만 해도 자신이 사기를 친 피해자들이 등장하는 끔찍한 악몽을 꾸고 난 직후부터 자수 여부로 고민을 하고 있었다.

선애는 물론이고 민호조차 이런 현상은 어떤 병 때문이 아니라 저주가 틀림없다고 확신했다.

그게 아니라면 자신에게 사기를 당한 피해자들이 아귀의 모습으로 꿈에 나타나서 괴롭힐 리가 없었다.

하지만 아무리 생각해도 자수는 쉽지 않았다. 크게 얽혀 있는 사기 건이 무려 여섯 건이다. 당연히 자수를 참작한다고 해도 꽤 높은 형을 언도받을 수밖에 없었다.

"이건 사는 게 아니야. 이전에는 그나마 자유롭게 행동할 수 있었지만, 악몽까지 연달아 꾸고 보니 우리한테 사기를 당한 사람들이 얼마나 힘겨웠을지, 얼마나 불행한 시간들을 보냈을지 이해가 가는 것 같아. 특히 전 재산을 사기당한 사람들 중에는 자살을 시도하거나 알코올에 의지하며 지내야 할 정도로 망가진 분들도 있잖아. 그런 사람들에게 미안해서라도 더 이상 이렇게 살면 안 될 것 같아."

사기를 친다고 양심이 전혀 없는 건 아니다. 그저 그런 소식을 들어도 마음을 억누르거나 무시할 정도로 멘탈이 튼튼할 뿐이다.

"혹시 죽어서 지옥에 갈까 봐서는 아니고?"

"……그것도 있지만 어제오늘만 생각하면 현실이 더 지옥인 것 같아. 이렇게 매일 끔찍한 악몽을 꾸는 것보다는 자수해서 내가 저지른 죄에 대한 대가를 치르는 것이 좋을 것 같아. 어디서 들었는데 이런 식의 악몽은 그만큼 내게 사기를 당한 사람들의 원망이 저주로 변한 거래. 이대로라면 죽지도

살지도 못하고 정신병자가 될 것 같아. 몸 상태도 최악이고."

선애의 말이 맞다. 자신도 겨우 이틀이었지만 더 이상 악몽을 꾸지 않기 위해서 자살까지 생각하지 않았던가.

"······정말 자수할 거야? 복수도 할 겸 이번 건 제대로 처리해서 큰돈을 챙긴 후에 중국으로 뜨는 게 어떨까?"

중국은 전 세계의 공공연한 적이 되면서 망가질 대로 망가진 상태라서 예전의 동남아 국가들처럼 돈만 있으면 충분히 숨어서 살 수 있었다.

"다들 비실거리던데 과연 작업을 제대로 할 수 있을까? 그리고 성공한다고 해도 중국으로 도망가면 악몽을 안 꿀 수 있을까? 수면제를 네 알이나 먹었는데도 오전까지 내내 악몽에 시달렸어. 불과 이틀 만에 몸과 얼굴이 이런 꼴이 되었고. 무슨 소리만 나도 악몽에서 나온 아귀들이 나타나는 것 같아서 소스라치게 놀라고······."

민호는 선애를 더 이상 말릴 수가 없었다.

"오빠나 이곳 얘기는 하지 않을게. 어디로 잠적했냐고 물으면 그냥 고향의 폐가에서 숨어 지냈다고 진술하면 돼. 워낙 인적이 드문 곳이니까."

"휴우. 알았다."

민호는 선애의 마음은 충분히 이해할 수 있지만 같이하고 싶지는 않았다. 선애야 종범이니 형량이 적게 나올 테지만, 자신의 경우 주범 중 하나이고 사기 친 액수가 누적으로 치

예지몽으로
히든랭커

면 수십억 원에 이르니 필경 늙어서나 감옥에서 나올 수 있을 것 같았다.

"그런데 장호하고는 통화했어?"

"전화를 몇 번 했는데 안 받더니 10분 전에 전화했더라."

"뭐래?"

"이번 일에서 완전히 빠지겠대. 그리고 더 이상 우리와 어울리지 않고 싶대. 악몽도 악몽인데, 이미 신뢰를 잃었지만 자신 때문에 전 재산을 날리고 시장에 좌판을 깔고 야채 장사를 시작한 부모님이 더 이상 피눈물을 흘리는 것까지는 보고 싶지 않다고."

"잘 생각했네. 걔는 기소유예 처분을 받았으니 지금이라도 마음을 고쳐 건실하게 살 수 있잖아. 부탁인데 오빠도 걔를 더 이상 끌어들이지 마."

"끌어들인 게 아니잖아. 이번 작업도 그놈이 먼저 제안한 거라는 사실은 너도 알잖아."

상대가 거의 부부처럼 살아왔던 선애였기에 민호는 더욱 화를 내며 말했다.

"알지. 하지만 오빠는 실행할 수 있는 힘을 갖추고 있고 걔는 아니잖아. 타당한지를 떠나서 어떤 사람에게 복수심을 가지고 있다고 해도 실제로 행하는 사람은 별로 없어. 아니, 행할 수 있는 힘, 혹은 동기가 별로 없어. 그러다가 살면서 자연스럽게 잊어버리고. 그게 보통 사람들이잖아. 사실 오빠도 사기를 부추기는 창돈 씨만 없었으면 처음 불법 다단계 사업 건을 통해서 기소유예를 받고 더 이상 범죄를 저지르고 않고 살았을지도 몰라."

"……."

민호는 선애의 말에 할 말이 없었다. 자신도 도망치는 생활에 진력이 날 때면 가끔 그런 생각을 했었다.

'만약 형이 없었다면 처음부터 그런 일에 끼어들지도 않았을 테고, 설사 연루되었다고 해도 무서운 나머지 더 이상 그런 일을 저지르려고 하지 않았겠지.'

민호는 창돈의 계속된 꼬임에 넘어가서 두 번째로 사기를 친 이후부터는 될 대로 되라는 심정으로 살아왔다.

"불과 이틀이지만 이런 끔찍한 악몽을 계속 꾸면서 멀쩡하게 살 수는 없을 것 같아. 사소한 소리에도 놀라고 심장이 이렇게 두근거리는데 어떻게 정상적으로 살아? 아무튼 자수를 하고 죗값을 치러야 이 악몽이 그칠 것 같아."

안 그래도 고민을 하고 있던 차에 선애가 그렇게 말하니 마음이 움직였다.

"가, 같이 갈까?"

시커멓게 죽은 얼굴을 하고 있는 민호가 그렇게 말하자 선애의 피폐해진 얼굴에 한 줄기 기쁨의 빛이 떠올랐다.

"그러자, 오빠. 죗값을 모두 치르고 나오자. 한참 후에야 출소할 테고 제대로 살 수 있을지는 알 수 없지만, 이렇게 계속 악몽을 꾸면 몸도 정신도 병이 들어 버릴 것 같아. 사기도 우리가 쉽게 잘살려고 치려고 한 거잖아. 당한 사람들에게 진심으로 사죄하고 용서를 받자. 그리고 사실 우리가 주범은 아니잖아. 우리가 관여한 사기 사건들을 기획한 사람들은 중국으로, 필리핀으로 다 튀었잖아. 실행을 책임진 창돈 씨 존재만 숨기면 돼."

"으음. 알았어. 그러자."

몇 년에 걸쳐 대여섯 건의 사기 사건과 깊이 연루된 두 사람이지만 실질적인 주범은 아니었다. 기획한 자들은 따로 있었고 두 사람은 그들을 대신해서 조직 관리와 범죄 행위에 조금 깊이 관여했을 뿐이다.

괜히 자유가 구속되어 징역을 사는 것에 겁을 먹은 상태에서 창돈과 잠적한 사기 기획자들이 도피 자금을 지원해 주었기에 지금까지 숨어 다닌 것이다.

"사실 법망을 피해 다니면서 사는 건 사는 게 아니었지."

생각해 보면 언제부터인가 사는 게 사는 게 아니었다. 어느 때, 어느 곳에서도 마음이 편하지 않았다.

항상 주위에 경찰이 있는지 확인해야 했고 행여 경찰과 얽힐까 봐 시비가 붙어도 제대로 대응을 하지 못하면서 숨어 다니는 생활이 자유로울 리가 없었다.

자수를 결심한 민호와 선애는 마음이 후련했다.

창돈은 민호와 통화를 했기에 두 사람의 자수 사실을 인지했다.

하지만 그는 도망을 치지도 못했다. 남들보다 지은 죄가 더 많아서 악몽의 내용 역시 더 끔찍했다.

밤새 악몽에 시달린 그는 하반신이 마비된 것처럼 몸을 움직이기가 힘들었고 어디론가 튈 생각이 들지 않을 정도로 지쳐 버렸다.

그래서 두 사람의 자수 결심과 그에 대한 내용을 최소한으로 자백하겠다는 말을 듣고도 자신이 연루되었던 사기 사건에 관여했다는 증거를 지울 생각조차 하지 못했다.

'시발! 될 대로 되라고 해! 이젠 나도 모르겠다!'

그만큼 악몽으로 인해서 몸과 마음이 망가져 버린 것이다.

다음 날, 창천 파이낸스에 대한 수색영장이 떨어졌다.

사흘 연속 끔찍한 악몽에 시달린 창돈은 출근조차 하지 못할 정도로 몸 상태가 극도로 악화되어 자택에서 긴급 체포되었다.

당연히 형사들이 회사와 자택을 수색하는 과정에서 그가 몇 건의 사기에 관련되었다는 증거는 물론 고금리 사채 건과 관련이 있는 내용들이 나왔다.

그런데 희한한 것이 형사들이 손목에 수갑을 채울 때 오히려 안도감을 느꼈다는 사실이다.

'어쩌면 더 이상 악몽을 안 꿀지도 몰라.'

악몽 속에서 자신을 집요하게 쫓아다니면서 살점을 물어뜯어 먹던 악귀들을 통해서 아주 어릴 때부터 자신이 저질러 왔던 범죄를 다시 떠올릴 수 있었다.

평소에 생각했던 것보다 자신에게 당했던 사람들이 너무 많았다.

학창 시절 일진이었을 때 괴롭힘을 당했거나 폭행을 당했던 아이들부터 최근 몇 년 동안 초고금리의 불법 사채를 쓰면서 힘겨워했던 이들까지.

'얼마나 괴롭고 힘들었으면 내 꿈에 나타나서 날 잡아먹으려고 했을까.'

지금까지 피해자 입장 따위는 한 번도 생각하지 못하고 살아왔던 창돈은 사흘째 꾸는 악몽을 통해서 그들의 아픔과 분노를 뼈에 새길 정도로 느꼈다.

형사들과 함께 경찰서에 가니 창천파 조직원들이 줄줄이 들어왔다. 그들은 최근까지 자신의 손발이 되어 불법 추심, 납치, 폭행, 협박 등 범죄와 깊이 연루되었다.

이어지는 악몽 때문인지 불과 사흘 만에 꼴이 엉망이 되어 피폐해진 얼굴이긴 하지만 어쩐지 그런 조직원들의 얼굴은 시원해 보였다.

자신처럼 감옥에 가면 더 이상 악몽을 꾸지 않을 것으로 기대하는 것 같았다.

사흘 만에 홀쭉해진 부하들의 모습을 보고 제일 처음 든 생각은 더 이상 조폭 짓을 못할 것 같다는 것이었다. 불과 사흘 만에 일어난 변화라고는 믿기지 않을 정도로 다들 피폐해진 것이다.

하긴 자신도 그런 몰골일 것이다. 거울을 보면서도 사흘 만에 눈에 띌 정도로 근육과 살이 빠진 자신의 모습이 믿기지 않았으니 말이다.

'악몽 때문에 물도 제대로 삼킬 수 없을 정도였으니 당연한 건가? 그래! 차라리 감옥이 낫지.'

그렇다고 진심으로 회개한 것은 아니다. 뭔가 대단한 깨달음을 얻은 것이 아니었다.

사흘 동안 꾼 악몽은 마음속 깊이 숨겨져 있었던 양심이라는 녀석이 만들어 낸 현상일 거란 정도만 추측할 뿐이다.

그저 하도 끔찍한 악몽에 시달리다 보니 이전에 자신 때문에 괴로워하고 힘겨워했던 피해자들을 어느 정도 이해할 수 있게 된 것에 불과했다.

그래서 다들 형사들의 추궁에 순순히 자백했다. 심지어 형사들이 놓치는 부분까지 보강해 주면서 말이다.

그들이 어떤 심정으로 자백을 하는지 알 수 없는 형사들이 보기에는 미친 것 같은 모습이었지만, 창천파 조직원들은 한시라도 빨리 조사가 끝나서 판결이 내려지길 바랐다.

그래야 계속되면 자신을 정신병자로 만들 것 같은 악몽을 꾸지 않을 것이라고 믿었다.

어차피 사기를 기획한 자들 상당수는 국외로 튄 상태였지만 사기꾼들과 결탁한 조직 폭력배들이 대학생들을 포섭한 후 배후에서 조종한 몇 건의 불법 다단계 사건들은 그렇게 해결이 되었고 며칠 동안 언론에 크게 보도가 되었다.

하지만 생각보다 반향은 크지 않았다. 사회적인 사건은 더 이상 사람들의 관심을 오래 끌지 못했다.

사람들의 관심은 이젠 대세가 되어 버린 가상현실 사회에 쏠려 있었다.

중진국 이상을 대상으로 하면 인구의 3분의 1 이상이 플레이한다고 알려진 어나더 문두스는 더 이상 가상현실 게임이 아니라 산업이라고 해도 될 만큼 막강한 힘과 영향력을 가지고 있었기에 현실의 문제는 그만큼 관심도가 적었다.

가온은 벼리로부터 창천파와 장호 무리의 일을 전해 들은 뒤 한참 생각에 잠겼다.

'자수를 했다고?'

'악인은 변하지 않는다'라던가 '사람은 고쳐 쓰는 것이 아니다'라는 말을 많이 들었기에 그들이 악몽을 꾸기 시작한 지 불과 이삼일 만에 확 변했다는 것을 이해하기가 힘들었다.

물론 창천파 두목과 조직원들의 경우에는 경찰서에 자진 출두해서 죄를 자백한 민호와 선애의 진술을 통해서 검거를 했지만, 그들 중 누구도 거짓을 말하거나 변명하지 않고 죄를 순순히 자백했다고 했다.

장호의 경우 더 이상 민호 무리와 얽히지 않겠다는 결심을 전화로 전했다는 말도 들었다.

'악몽을 꾼다고 그렇게 사람이 바뀔 수 있나?'

가온은 그게 이해가 가질 않았다.

─있어요. 단순한 악몽이 아니고 놈들에게 강렬한 원망과 분노를 가지고 있는 피해자들이 아귀로 등장하는 악몽이었잖아요. 마음속 깊이 숨어 있었던 양심을 건드리고 부풀렸을 가능성이 커요. 철저한 악 성향을 가진 인간은 없어요. 악인이라고 해도 가족 등 최소한 자신이 아끼는 이들에게는 선 성향의 행동을 하니까요.

인간이 선악의 양면을 고루 가진 존재라는 사실이야 잘 알고 있다. 그래서 법도 인간을 단죄하는 것이 아닌 죄를 단죄하는 것이 아닌가.

하지만 이번 일은 좀 뜻밖이다. 사실 가온은 자신들의 잘못은 생각지도 않고 자신과 부모님을 납치해서 돈까지 뜯어내려고 했던 자들을 앙헬을 통해서 정신을 파괴시켜서 아예 사회에서 퇴출시키려고 했다.

그래야 화가 풀릴 것 같았다. 법에 의한 처리는 도무지 성에 차지 않았기 때문이다.

결국 가온은 앙헬을 불렀다. 그리고 악몽의 결과를 알려 주었다.

'왜 이런 결과가 나왔는지 혹시 짐작 가는 거라도 있어?'

─으음. 제가 너무 무의식을 자극했나 봐요.

'무의식을 자극하면 이런 결과가 나와?'

─꼭 그런 건 아닌데 악몽에 등장하는 괴물이 그들 때문에 피해를 입은 사람들이잖아요. 피해자들이 걷다가 밟아 죽인 개미가 아닌 이상 그들에 대한 마음을 어떻게든 무의식 속에 깊숙이 쌓아 두었겠죠. 악몽을 연속해서 꾸게 되자 자연스럽게 무의식에 있었던 피해자들에 대한 마음, 인간은 그걸 양심이라고 하던데, 아무튼 그것을 자극한 것 같아요.

무슨 말인지 알 것도 같았지만 부모님까지 납치해서 돈을 요구하려고 했던 흉악한 자들이 그렇게 행동을 한다는 것은 이해하기가 힘들었다.

'혹시 악어의 눈물은 아닐까?'

그게 가온의 진짜 생각이었다. 민호와 선애의 행동은 정말 뜻밖이었지만, 두 사람의 배후이며 실행자 역할을 했던 창천파 두목과 조직원들이 검거되자 죄를 순순히 자백하고 반성을 한 이면에는 형량을 낮게 받으려고 일부러 거짓눈물을 흘리는 것과 같은 행동이라고 본 것이다.

─어떻게 할까요?

글쎄, 어떻게 해야 할까?

'그나저나 그들 상태는 어때?'

―제가 특별히 힘을 썼기 때문에 두어 번 더 악몽을 꾸면 주인님이 원하시는 대로 착란이 시작되고 빠르게 증세가 악화될 거예요.

'정혈은 많이 흡수한 거야?'

―네. 아마 10년 정도는 지나야 원 상태로 돌아올 거예요. 지금은 몸 상태가 최저 수준이고 정신적인 상태도 식욕과 성욕, 수면욕 등 기본적인 욕구마저도 동하지 않을 정도니까요.

한마디로 사는 게 사는 것이 아니라는 얘기다.

가온은 고민에 빠졌다.

'이 정도로 용서해도 될까?'

결론은 '그렇다'였다. 놈들의 계획을 몰랐고 그대로 당했다면 모르겠지만 일단 바로 덕분에 놈들의 음모를 먼저 파악하고 손을 썼기 때문에 일은 벌어지지 않았다.

법에 대해서는 잘 모르지만 '모의죄'나 '마수죄'에 해당한다고 볼 수 있다.

그럼 놈들이 그동안 저지른 죄에 대한 벌은 충분한가?

법에 의한 벌은 아니지만 10년 정도는 지나야 몸과 정신이 원래 상태로 회복될 수 있다니 나름 죗값을 치렀다고 볼 수 있다. 물론 법에 의한 처벌도 감수해야 한다는 점까지 고려하면 충분했다.

가온은 앙헬에게 그들에게 그만 손을 쓸 것을 명령했다.

'그런데 벼리야, 사기를 기획한 자들이 더 있다고 했지?'

─네, 오빠. 중국과 동남아 국가들로 건너가서 숨어 살고 있어요. 일부는 신분을 세탁한 상태로 호화롭게 살기도 하고요.

　'이왕 시작한 거 그놈들까지 처리했으면 좋겠어. 혹시 그 자들의 현재 위치를 파악할 수 있겠니?'

　─당연히 가능하죠.

　'앙헬.'

　─호호호. 저와 벼리가 알아서 처리를 할게요. 수준은 똑같이 할까요?

　앙헬의 물음에 가온은 바로 대답을 하지 못했다.

　창천파의 경우 자신과 부모님을 해치려는 의도를 가지고 있었기 때문에 징치를 하면서도 아무 고민이 없었지만 해외로 도피한 사기범들의 경우는 달랐다. 자신과는 직접적인 연관이 없었다.

　'그냥 경찰에 거주지에 대한 정보만 알려 줄까?'

　사기범들은 대부분 인터폴에 수배가 되어 있는 상태다. 대부분의 동남아 국가들과는 국제 공조 수사가 가능하니 그런 정보를 은밀하게 전해 주는 것 정도가 그가 할 수 있는 일이다.

　하지만 그런 수준으로는 도저히 만족할 수 없었다. 사기 범죄의 피해자들이 얼마나 고통스럽게 살아야 하는지 예지몽 속에서 충분히 경험했다.

그래도 고민은 길지 않았다.

'같은 수준으로 해. 대신 사흘이 넘도록 현지 경찰에서 자수를 하거나 자수하려고 국내로 들어오지 않는다면 계속 같은 악몽을 꾸게 만들어.'

질이 굉장히 나쁜 창천파와 같은 조직 폭력배들도 사흘이 한계인데 그것을 견딘다면 더 악질이라는 얘기다. 반성하지 않고 악몽을 꾸는 것, 실제로는 정혈을 계속 흡수당하는 일을 선택한다면 더 당해도 싸다.

가온의 예상과 달리 세 번 이상 악몽을 꾼 사기범들은 없었다. 심지어 자신도 모르게 사기의 주범이 되어 해외로 도주했던 이들과 같은 경우는 바로 다음 날 자수를 했다.

시간이 지나면 흐려지거나 잊어버리는 단순한 악몽이 아니었다.

정신적인 충격과 더불어 몸 상태가 극도로 악화되는 끔찍한 악몽이었다.

조금이라도 종교를 믿거나 미신을 믿는 경우는 자신이 이제까지 저지른 업보에 대한 벌이 내리는 것이라고 생각할 정도였다.

그들은 자수를 하는 순간 자신을 짓누르고 있었던 무거운 짐을 내려놓은 것 같은 해탈감까지 느꼈다.

중국으로 도주한 사기 사건의 주범 13명, 지난 사흘 동안 인터폴이나 현지 공관을 통해서 자수!

해외로 도주한 사기 사건의 주범들, 연이어 현지 경찰이나 인터폴에 자수!

주범들의 도주로 인해서 수사가 미궁에 빠져 피해 구제조차 제대로 되지 못한 사기 사건들, 이번에는 제대로 밝혀질까?

수십만 명에 이르는 사기 범죄의 피해자들을 환호하게 만든 주범들의 자수 행렬, 그 이유는 무엇인가?

해외로 도주까지 한 사기 사건의 주범들이 다양한 루트로 자수를 하는 비정상적인 일로 인해서 연일 언론이 들끓었다. 누가 생각해도 정상적인 일이 아니었기 때문이다.

사기 피해자들은 주범들의 자수 소식에 크게 환호했다. 피해 구제나 보상은 오랜 시간이 걸리고 가능성도 그리 크지 않은 만큼 개인과 가정의 행복을 깨뜨리고 오랜 시간 동안 고통스럽게 만든 주범들이 온당한 벌을 받기를 원했다.

그러던 중 일부 언론은 자수자의 가족들과의 인터뷰를 통해서 그들이 도주한 이후 끔찍한 악몽을 연달아 꾸면서 몸과 마음이 병들었다는 내용을 보도하기도 했다.

실제로 국내로 송환된 사기 주범들은 대부분 늙고 병약해 보일 정도로 초췌한 몰골이었다. 사기로 번 돈으로 해외에서 화려하고 사치스러운 생활을 즐겼을 거라고 생각했던 것과는 너무 달랐다.

그런 모습을 화면으로 본 사기 피해자들은 물론 피해자들은 속이 시원했다. 많은 사람의 피눈물을 뽑게 만든 놈들에게 어울리는 모습이었다.

가온은 그런 반응을 확인하면서 앞으로 대한민국에서 사기 사건이 좀 줄어들어들지 않을까 조심스럽게 기대했다.

어쨌거나 이번 휴가는 창천파와 사기범들로 인해서 날아가 버렸지만 마음은 편했다. 더 이상 걸리는 것이 없어진 것이다.

복귀

사실 꿈을 통해서 서큐버스에게 자신의 정기를 빼앗긴 경험도 나쁘지만은 않았다.

'그런 미인이 정말 날 사랑해 준다면 좋겠다.'

또 그렇게 야한 꿈을 통해서 그동안 쌓였던 본능까지 어느 정도 해소했으니, 한창 때이자 누구보다 몸 상태가 좋은 가온으로서는 도움이 되는 일이기도 했다.

가온은 앙헬을 소환했다.

'앙헬, 그동안 수고했어. 이젠 그만해도 돼.'

─알겠어요. 에이. 조금만 더 정혈을 흡수하면 한 단계 넘을 것 같았는데 아쉽네요.

앙헬은 아쉬워했지만 가온은 단호하게 그만두라고 명령했

다.

　나중에 후회를 할지는 몰라도 한 번 결정을 내렸으면 단호하게 정리해야 했다.

　'대신 그자들, 아니 창천파의 두목과 장호 그리고 민호와 선애, 네 명에게는 강한 암시를 걸어. 다시 나와 내 가족을 건드리면 정신병을 앓다가 죽을 거라고. 가능해?'

　자신의 존재조차 알지 못하는 다른 사기범들이야 관심이 없었다.

　-그 정도면 쉽죠. 아예 암시를 걸 때 어기면 뇌출혈을 일으키도록 할까요?

　'그런 것도 가능해?'

　그들 입장에서 보면 무서운 얘기겠지만 일말의 후환도 남기고 싶지 않은 가온 입장에서는 반가운 얘기다.

　-당연히 가능해요.

　'좋아. 그럼 그렇게 해 줘.'

　이 정도면 좋게 마무리가 되었다고 볼 수 있었다. 이곳은 법치가 기본인 지구의 대한민국이니까.

　이번 일로 가온이 겪고 있었던 번아웃 증상 혹은 현실 자각 타임은 말끔하게 사라져 버렸다.

　'초인과 다름없는 능력을 가지게 되었지만 이대로 만족하면 안 돼.'

　앙헬이 아니더라도 현실에서도 기를 쌓고 사용할 수 있는 능력이 생겼기에 어떻게든 처리는 했을 테지만 자신에게 정령이라는 존재들이 없었다면 이번 건을 이렇게 말끔하게 처리하지 못했을 것이다.

기를 사용하는 신비한 능력이나 정령들 모두 그가 꾼 예지몽을 바탕으로 충실하게 어나더 문두스를 플레이하면서 강해지고자 노력한 결과들이다.

앞으로 또 어떤 일이 벌어질지 알 수 없는 상황이다. 예를 들어 정말로 지구에도 차원 융합과 같은 일이 벌어진다면 부모님과 가까운 이들을 지키기 위해서도 강력한 힘이 필요했다.

그리고 그런 힘을 얻을 방법이 있다. 바로 어나더 문두스를 더 충실하게 플레이하는 것이다.

가온은 현타가 온 이유 중 하나는 알지 못하는 미래에 대한 두려움 때문일 수도 있다는 생각을 했다.

'이제 더 이상 예지몽에 의지할 수 없게 되었어.'

예지몽을 통해 알게 된 정보들을 활용할 수 없는 상황이 되자 불안감을 느낀 것이 현타가 오게 된 직접적인 원인은 아니겠지만 어느 정도 작용한 것일 수도 있다.

'그런 의미에서 보면 이제부터 내게는 진정한 모험이 기다리고 있는 거네.'

가온은 이제야 처음 어나더 문두스를 플레이하게 된 다른 사람들과 같은 마음으로 플레이하게 된 것이다.

복수를 앙헬을 통해서 했기에 시간이 있었던 가온은 벼리의 조언대로 정상적인 방법으로 어나더 문두스를 플레이했다.

레벨업에 가장 효율적인 길을 알기에 어렵지 않았다. 주문한 당일에 배달된 캡슐을 이용해서 휴가가 끝나기 전날까지온 아바타를 91레벨까지 성장시켰다.

혼자 스파인 산맥 깊은 곳으로 들어가서 닥치는 대로 사냥한 결과였는데, 충분한 사냥 경험이 있고 스텟과 마나를 늘려 줄 각종 영약이 있었기에 가능한 일이었다.

산맥을 조금만 더 들어가더라도 스밀로돈부터 샤벨타이거, 트롤, 오우거, 그리핀, 와이번 등의 상위 마수와 몬스터들이 널려 있어 빡세기는 했지만 올라운더인 가온은 단시간에 레벨을 충분히 올릴 수 있었다.

'이 정도 레벨이면 됐어.'

굳이 100레벨 이상으로 올려서 남들의 관심을 받을 필요는 없었다. 91레벨이면 이제 막 100레벨이 넘은 하이랭커들보다 약간 낮은 수준이었다.

그렇게 휴가를 보낸 가온은 혹시 모를 위험까지 정리했기때문에 홀가분한 마음으로 벼리가 머무는 캡슐 안으로 들어갔다.

'벼리야, 그동안 수련은 잘했어?'

-네, 오빠. 상위 단계의 마법을 익히기보다는 이미 익히

고 있는 마법을 좀 빠르고 쉽게 펼치는 수련에 집중했어요.
일단 다중 캐스팅이 가능해졌어요.

'안 그래도 언제고 다중 캐스팅 스킬을 제대로 수련하려고
했는데 잘했어.'

동시에 여러 개의 마법을 발현할 수 있는 다중 캐스팅 스
킬에 필요한 조건은 이미 채운 지 오래지만, 마법이 주력이
아니다보니 제대로 익히지 않았었다.

벼리 덕분에 이제는 두 가지 혹은 세 가지 마법을 동시에
펼칠 수 있게 되어 마법을 더욱 다양하게 사용할 수 있게 되
었다.

─그리고 고대 유적지에서 얻은 마법서들을 연구하다 보
니 주문의 길이를 줄일 수 있었어요. 오빠의 높은 집중력과
강력한 의지력 덕분에 주문에 필요한 룬어의 수를 줄여도 마
법을 발현하는 것이 가능하더라고요.

마법을 발현하는 데 필수적인 룬어는 소리 자체에 외계의
마나를 끌어들여서 원하는 결과를 도출하는 일정한 배열을
만드는 힘이 있었다. 그것이 바로 주문이다.

'얼마나 줄였는데?'

─3서클까지는 4분의 1로, 그리고 5서클까지는 절반 정도
로 줄였어요.

'그렇게나 많이 줄였어?'

마법의 최대 단점이 발현하는 데 걸리는 시간이라는 점

을 고려하면 벼리가 이룬 성과가 얼마나 대단한지 알 수 있었다.

─네. 제 생각이긴 한데 전설에 등장하는 드래곤이 이런 방식으로 주문을 극단적으로 줄여서 의념 마법을 사용한 것 같아요.

의념 마법은 주문이나 수결이 아니라 의지만으로 마법을 발현하는 고차원적인 능력으로 지금은 전설이 되었으며 마법사들은 의념 마법은 존재하지 않는 허황된 개념이라고 일축하고 있었다.

'아무튼 수고했네. 네 덕분에 앞으로 마법을 좀 더 편하게 사용할 수 있을 것 같다.'

─호호호. 아니에요.

자신 대신에 벼리가 계속 어나더 문두스를 플레이했다면 지금쯤이면 아마 6서클 정도는 마스터하지 않았을까 싶다.

'별일은 없었지?'

의례적으로 묻는 것이다. 만약 무슨 일이 있었으면 벼리가 알려 주었을 테니 말이다.

─수련에 집중하기 위해서 강 건너 한적한 곳에 자리를 잡고 마통기까지 꺼 놓았으니 저도 그건 알 수 없어요.

그렇게 벼리와 짧은 대화를 나눈 가온은 바로 어나더 문두스에 접속했다.

도착한 탄 차원의 시간은 아침이었다.

'여기군.'

벼리가 혼자 수련을 하던 장소는 일전에 오우거를 사냥하면서 수련했던 곳으로 거대한 나무뿌리 속에 은신처를 만들어 두었다.

은신처 주변은 완전히 엉망이었다. 곳곳에 거대한 구덩이가 있었고 드러난 흙이 검게 그을려 있어서 벼리가 이곳에서 다양한 마법을 시험했다는 사실을 알 수 있었다.

일단 나크 훈과 마통기를 연락해서 안부를 확인한 가온은 복귀하기 전에 마법을 1서클부터 차례로 펼쳐 보았다.

벼리가 연구하고 수련했던 결과는 뇌와 몸에 새겨져 있어서 꺼내어 쓰기만 하면 되었다.

'오오!'

가온도 놀랄 정도로 너무나 쉽고 편하게 마법을 펼칠 수 있었다.

'확실히 주문 길이가 짧아졌네. 대신 정신력 소모는 더 크고.'

마법 발동에 필수적인 룬어로만 주문을 구성하고 집중력과 의지력을 이용해서 연계를 한 것인데 마법의 위력은 기존에 비해서 전혀 낮지 않았다.

이렇게 되면 3서클 이하의 마법은 거의 즉각적으로 펼칠 수가 있어서 마법의 단점이 거의 사라졌다고 봐도 무방했다.

이 정도면 전투마법사로 크게 활약할 수 있는 수준이었다.

안타까운 점도 있었다. 벼리가 개량한 마법은 높은 수준의 의지력과 집중력이 필요하기 때문에 마론이나 시엥 그리고 헤븐힐 일행의 경우 자신처럼 마법을 사용할 수 없다는 점이다.

'전수할 수만 있다면 대박일 텐데 아쉽네.'

가온은 신이 나서 계속 마법을 펼쳤다. 언제든 사용하려면 숙련도를 높여 두어야만 했던 것이다.

마력은 걱정할 필요가 없었다. 3만 중반대로 늘어난 마력이 부족할 일은 없었거니와 설령 부족하더라도 치환반지로 얼마든지 마력을 보충할 수 있었다.

시간의 흐름도 잊고 빠져들었던 마법 수련은 정오가 가까워져서야 끝이 났다.

카오스가 자신의 몸과 옷을 깨끗하게 해 주는 동안 가온은 상태창을 확인하고 경악했다.

'새 공격 마법을 무려 네 개나 더 익혔어!'

서클 마법으로는 5서클로 분류되는 파이어랜드, 아이스랜스, 플레임, 익스플로전 마법이었다.

마법들은 명예 포인트로 갓상점에서 매직북 형태로 구입한 것 같은데 위력이 엄청났다. 무엇보다 발현하는 데 수십 초밖에 걸리지 않아서 근접 전투가 아니라면 큰 도움이 될 것 같았다.

그런데 더 놀란 것은 벼리가 일주일도 안 되는 짧은 기간 동안 얼마나 열심히 수련했는지 모두 D등급으로 숙련도는 2레벨이나 되었다.

기존에 익힌 마법들도 숙련도가 크게 높아졌다. 대부분 2레벨씩 올랐으며 청류심법은 3레벨이 되어 마력 축적의 효율이 크게 증가했다. 그 증거로 마력은 마지막으로 확인했을 때보다 4천 정도가 늘어나 있었다.

'마나지체의 효과겠네.'

영약도 먹었겠지만 점보 던전을 클리어하고 획득한 특성이 크게 도움이 되었다.

이젠 대원들이 있는 곳으로 돌아갈 시간이다.

여관에는 속속 대원들이 귀환하고 있었는데 꽤 오래 가족들과 시간을 보내서 그런지 얼굴들이 밝았다.

가온은 정오 무렵에 마지막으로 복귀했다.

"내가 제일 늦었군요."

"주군, 대체 어디에 계셨던 겁니까?"

마침 식당에서 차와 술을 즐기고 있던 나디아 등 정보 길드 출신 대원들이 그를 반겼다.

"강 건너에서 마법 수련을 좀 했습니다."

"아!"

대원들은 가온이 휴가 기간에도 마법 수련을 하러 갔다는 말에 '역시' 하는 표정을 지으며 고개를 끄덕였다.

가온은 바로 별채로 향해서 나크 훈을 비롯한 고문들과 다른 대원들과 인사를 나누었다.

꿀맛 같은 휴가를 마치고 다시 모인 대원들은 별채 마당에 탁자와 의자 들을 꺼내 놓고 오랜만에 콰르 구이와 맥주를 즐기며 해후를 만끽했다.

대원들은 아무래도 출신 등에 따라서 몇 무리로 나뉘어 있었다. 고문들이 한 무리를 형성했고 이번에 아그레브에 다녀온 이들, 루시아 출신의 혼혈 대원들, 뭔가 할 말이 있는 눈치를 보이는 헤븐힐 일행, 마지막으로 정보 길드 출신들이 각각 무리를 이룬 채 술과 음식을 즐겼다.

가온은 수련 이외에는 별다른 대화거리가 없는 고문들부터 챙긴 후 루시아 출신의 혼혈 대원들이 모여 있는 곳으로 향했다.

"이번에 올 때 술을 엄청 챙겨 왔어요."

벌써 꽤 마셨는지 얼굴이 발그레해진 세르나가 그렇게 말하면서 아공간 주머니를 건네주었다.

받아서 살펴보니 생각했던 것 이상으로 많은 맥주통과 포도주통 들이 들어 있었다.

"대장님을 위해서 특별히 숙성시킨 것들이라고 했어요."

혹시 외부에 판매하는 양 일부를 자신에게 돌렸나 했더니 그건 아닌 모양이다.

"이런. 고마워서 어쩌지?"

"고맙긴요. 저희 두 일족이 루시아와 같은 안전하고 풍요로운 땅에서 살 수 있는 것이 다 대장님 덕분인 걸요."

"껄껄껄! 세르나의 말이 맞습니다. 저희 일족만 해도 다들 행복해하고 있습니다. 새로 태어난 아이들도 많고 임신한 여자들도 많이 늘어났더군요."

달쿤이 술잔을 들고 옆으로 왔는데 얼마나 마셨는지 입가의 수염에는 맥주 거품이 하얗게 붙어 있었다.

"저희 일족도요. 아이들로 인해서 마을이 너무 활기차더라고요. 그래서 더욱 감사해요."

세르나와 달쿤은 진심으로 가온에게 감사했다.

깊은 산중, 비록 결계로 보호를 받는 마을에서 살았지만 그럼에도 불구하고 생활은 쉽지 않았다.

결계의 범위가 넓지 않아서 사냥이나 채집은 필수였는데 마수와 몬스터 들이 창궐하면서 밖에 나갔다가 돌아오지 않는 전사들이 날이 갈수록 늘어났던 것이다.

당연히 전사들의 외부 활동은 줄어들었다.

그렇게 점점 더 고립된 생활을 하다 보니 부족한 것들이 많아졌고, 자연스럽게 결혼이나 임신을 하는 경우가 줄어들었다. 생존이 가장 큰 문제였기 때문에 삶이 팍팍했기 때문이다.

하지만 루시아로 이주한 후 삶의 질이 달라졌다. 그곳은 허니비를 제외하면 안전하고 풍요로운 땅이어서 먹을 것이 지천이었다.

거기에 가온의 조언대로 맥주와 포도주를 양조해서 인간들과 거래를 하니 삶의 질이 빠르게 올라갔다. 뭐든 필요한 건 다 구할 수 있었다.

거기에 루시아에는 많은 인간족도 거주하고 있어서 굳이 짝을 찾아서 밖으로 나가지 않아도 되었다.

그러니 젊은이들은 자연스럽게 짝을 찾아서 결혼을 하게 되고 임신율도 가파르게 올라갔다.

같이 보낼 시간이 많아진 덕분에 이미 아이가 있는 부부들까지 임신하는 경우도 많아졌다.

그렇게 아이들이 태어나니 마을의 분위기가 활기차게 바뀔 수밖에 없었다.

"나야 한 게 별로 없는데. 아무튼 루시아가 빠르게 발전하는 것 같아서 기분이 좋군."

"왜 한 게 없어요? 대장님이 아니었다면 우리 두 일족이 지금 누리고 있는 모든 것이 없었을 텐데요."

"하하하. 세르나가 그렇게 생각을 해 주니 기분은 좋네. 자, 한 잔 마시자고."

가온과 건배를 한 세르나가 맥주잔을 단숨에 비우더니 이제야 생각이 났다는 얼굴로 또 다른 아공간 주머니를 내밀었다.

"대장님이 부탁하신 물건들이에요."

안을 살펴보니 다양한 종류의 과일들부터 시작해서 허니비의 꿀은 물론 로열젤리까지 있었는데 양이 엄청났다. 지난번에 생명의 아공간에서 챙겼던 양의 대략 열 배는 되는 것 같았다.

던전에서 플레이어들까지 먹이다 보니 남은 양이 간당간당해서 세르나에게 특별히 부탁을 해 두었다.

"허니비에 의한 피해는 없었어?"

"네. 인간 마을에서 곤충을 다루는 능력을 개화한 충사가 나왔어요."

"충사?"

"네. 저도 직접 봤는데 허니비들이 그녀를 주인처럼 생각하는 듯 지시에 따르더라고요."

"저도 직접 만나 봤는데 허니비만 다룰 수 있는 것이 아니라 곤충류는 종류를 가리지 않고 조종할 수 있는 능력을 가지고 있답니다."

충사라니! 정말 대단한 능력이다. 사실 지구와 달리 이 탄차원은 살상력이 높은 곤충들이 엄청나게 많았다.

충사의 능력은 굳이 그런 용도가 아니더라도 기온과 습도가 높은 울창한 열대수림 안에는 벌레를 쫓는 등 다양하게 활용할 수 있었다.

가온은 세르나와 달쿤 등 정령사 대원들을 일일이 챙긴 후에야 패터와 퍼슨 등이 모여 있는 곳으로 향할 수 있었다.

⚜

퍼슨 부자나 스톤 그리고 랄프의 얼굴은 무척 밝았다.

"가족들은 잘 만났습니까?"

"대장님 덕분에 다들 무척 행복한 시간을 보내고 있습니다."

오랜만에 사랑하는 낸시와 회포를 풀고 온 퍼슨도 그렇고, 여동생과 조카들을 보고 온 스톤의 얼굴도 밝았다.

"대장님 덕분에 저희, 금방 부자 될 것 같습니다. 낸시가 운영하는 주점 수입이 엄청납니다!"

퍼슨과 미래를 약속한 낸시와 스톤의 여동생은 아그레브 자작의 호의로 내성에 맥주와 와인을 파는 주점을 열었는데, 문을 연 직후부터 사람들이 꽉 찰 정도로 성업 중이라고 했다.

가온도 지분을 가지고 있는 드인 상단이 루시아에서 생산되는 맥주와 와인을 독점적으로 유통하는데, 그중 일부를 그녀들이 운영하는 주점에서 판매를 하니 사람들이 들끓을 수밖에 없었다.

기존 토착 상인들은 물론이고 귀족 그리고 음지의 세력들도 욕심을 내지만, 영주인 아그레브 자작의 공공연한 비호를 받기 때문에 누구도 주점의 영업을 방해할 수가 없었다.

그러니 그야말로 돈을 쓸어 담고 있었다. 물론 하루에 팔 수 있는 술의 양이 정해져 있어서 보통 저녁이 되기 전에 가게 문을 닫아야 했는데, 그 점이 오히려 더 낫다고 했다.

잘하면 얼마 지나지 않아서 퍼슨과 스톤이 은퇴를 할 수도 있었다.

부자가 된 낸시와 스톤의 여동생 입장에서는 두 사람이 위험한 용병 생활을 계속하기를 바랄 리가 없으니 말이다.

그런데 의외인 얼굴이 둘이나 있었다. 패터와 랄프 뒤에 몸을 숨기고 있어서 금방 알아보지 못했다.

"너희들은?"

바로 샤나와 라쟈였는데 각각 패터와 랄프의 옆에 붙어 앉아 있었다.

'세르나와 달쿤에게는 아무 소리도 못 들었는데…….'

이곳에 있어야 할 사람들이 아니었고 둘도 그 사실을 아는지 패터와 랄프의 약간 뒤쪽에 앉아 있었다.

"허, 허락은 받았어요. 능력도 인정을 받았고요."

"나도다!"

왠지 골치가 아팠다.

그때 세르나가 뛰어왔다.

"말씀을 드린다는 것을 대장님을 만나 반가운 마음 때문에 잊고 있었어요. 둘은 강력하게 출행을 원했고 원로들께서는 일정 수준을 이루는 것을 조건으로 허락을 하셨어요."

"어느 수준이지?"

"중급 정령과 계약을 하고 검기를 다룰 수 있어야 출행을 허락하겠다고 결정을 했는데, 용케 달성했더라고요."

전에 동행을 할 때만 하더라도 둘 다 하급 정령과 계약을 한 상태였는데, 그 짧은 시간에 중급 정령과 계약을 했다니 재질도 좋았지만 그에 걸맞은 노력도 했을 것이다.

'그 정도면 동료의 발을 잡지는 않겠네.'

둘의 실력을 인간을 기준으로 하면 검기 실력자 정도는 되니 어느 정도는 안심이 되었다.

"쉽지 않았을 텐데."

"저도 놀랐어요. 자신들이 번 돈으로 영약도 구입해서 복용하고 원로들께 따로 지도를 받기도 했지만, 본인들이 엄청 노력을 했더라고요. 결국 조건을 충족해서 데리고 올 수밖에 없었어요."

샤나와 라쟈를 보니 자신에게 허락을 받은 것이 아니라서 혹시 내쳐질까 봐 두려워하는 얼굴이었다.

둘뿐 아니라 패터와 어느새 주위로 모여든 루시아 출신 대원들이 모두 긴장한 얼굴로 가온을 주시하고 있었다.

가온은 그들의 생각보다 쉽게 결정을 내렸다.

"아마 너희들도 내가 왜 루시아로 다시 돌려보냈는지 알았기에 열심히 노력했겠지. 짧은 시간에 그런 조건을 충족했다

니 고생이 많았다. 이제 다른 대원들이 둘을 걱정하지 않아
도 되겠네. 잘 왔다."

아마 본인들의 노력 외에 원로들의 도움이 컸을 테지만 그
래도 대견했다. 결코 쉬운 일이 아니었으니 말이다.

'이 정도로 노력했다면 흔쾌히 받아 줘야지.'

게다가 여기까지 왔는데 돌려보낼 수도 없는 노릇이다.

"끼아아!"

"온 대장이라면 이럴 줄 알았어!"

가온이 이렇게 쉽게 받아 줄지는 몰랐는지 긴장했던 샤나
와 라쟈가 각각 패터와 랄프를 끌어안고 펄쩍거리며 뛰었다.

그 모습을 본 가온의 눈매가 좁아졌다.

'패터와 샤나 사이는 어느 정도 짐작을 했는데 라쟈가 랄
프를 좋아하고 있는 줄은 몰랐네.'

패터와 샤나는 서로 마음을 주고받으며 연애를 하다가 타
의에 의해 강제로 헤어지는 일을 겪어서 그런지 누가 봐도
상대를 보는 눈에 꿀이 떨어지고 있었다.

의외인 것은 랄프였다. 성실하지만 과묵한 성격이라서
여자와는 접점이 없을 줄 알았는데 라쟈가 딱 달라붙어 있
었다.

─라쟈가 적극적으로 대시를 한 모양이네요, 오빠.

벼리도 흥미가 생긴 모양인지 오랜만에 의념을 보냈다.

'달쿤도 아무 말이 없네.'

달큰뿐만이 아니었다. 로탄과 오르넬 역시 티를 내지는 않았지만 흐뭇한 눈으로 둘을 바라보고 있었다. 아무래도 세 전사는 랄프가 마음에 든 모양이다.

'아무튼 봄이네.'

우기를 제외하고는 지구의 초여름에 해당하는 기후가 이어지는 이곳이지만 두 쌍의 청춘 남녀로 분위기가 무척 좋았다.

모두에게 한 잔씩을 받아서 마신 가온은 이번에는 정보 길드 출신 대원들이 모여 있는 곳으로 향했다.

"대장님!"

아까 세르나와 얘기를 할 때부터 시선이 느껴졌던 나디아가 꽤나 많이 마셨는지 불콰한 얼굴로 그를 맞이했다.

"다들 휴가는 잘 보냈습니까?"

"네, 주군."

평소 다른 대원들에 비해서 과묵한 편인 정보 길드 출신 대원들도 오늘은 술을 꽤 많이 마셨는지 많이 풀어진 얼굴로 휴가를 어떻게 보냈는지 털어놓았다.

"이번에 주군께서 주신 돈으로 불의의 사고로 은퇴한 동료와 선후배를 챙길 수 있었고 수도에도 정확도가 높은 정보 라인을 구축할 수 있었습니다."

"잘됐군요. 관리는 누가 합니까?"

"다이론이라고 정보를 취합하고 추론하는 부서에서 근무했던 친구가 있는데, 나디아가 길드에서 나온 직후 쫓겨났습니다. 나디아를 뒤에서 지원했다는 이유였지요. 그 친구를 비롯해서 비슷한 처지의 친구들이 맡아 주기로 했습니다."

"운영비가 필요하면 언제든 말하세요."

"주군께서 주신 돈을 모아서 가게 세 곳을 인수했습니다. 장사가 꽤 잘되는 곳들이기도 하고 다양한 정보를 쉽게 수집할 수 있는 곳들이라서 굳이 그럴 필요는 없을 것 같습니다."

개인당 1만 5천 골드씩 받았기 때문에 큰돈이기는 했지만 그렇게 사용했을 줄은 몰랐다.

"개인적으로 사용하라고 준 돈인데……."

가온은 진심으로 이들이 안타까웠다.

"개인적으로 사용하기에는 너무 큰돈이었습니다. 그리고 필요한 건 클랜에서 모두 지원해 주니 따로 쓸 곳도 없고요."

그들은 모두 고아 출신에 가정조차 이루지 않고 길드에 매어 있었다.

길드에서 받았던 돈은 꼭 필요한 무구를 구입하는 것을 제외하고는 같은 처지의 후배나 선배 들을 위해서 사용했었다.

다음으로 찾은 이들은 헤븐힐 일행이다.

"휴가는 잘 보냈어?"

"네!"

세 사람 모두 안색이 밝았다.

"참! 연락은 왔어?"

"네. 그제 샤를 씨와 PMG그룹의 그린우드 씨를 만났어요."

현실에서는 게임에 집중하느라 만나질 못했었다.

"그럼 프리우스라는 이름의 캡슐을 받기로 한 거야?"

"그게, 사실은 안 받기로 했어요."

"안 받기로 했다고?"

어느 정도 예상은 했지만 구속에 관해 문제가 있었던 모양이다.

"네. 대장님에게는 면목이 없지만 그렇게 결정했어요. 그때 대장님과 함께 만났을 때와 달리 여러 가지 조건을 많이 걸더라고요. 행동의 자유를 금지하는 요소도 굉장히 많았고요."

역시 PMG그룹은 자신과 헤븐힐 일행이 우려했던 대로 순순히 캡슐을 넘겨주려고 하지 않았다.

"조건을 추가했다고?"

"네. 일단 숙소에서 집합 생활을 해야 한다는 것부터 시작해서 가족을 만나는 것조차 그쪽 허락을 받아야 하는 등 자유를 옥죄는 것들이 많았어요."

"그 전에 저희끼리 의논을 했었거든요."

바로의 대답에 이어 헤븐힐이 말했다.

"그쪽에서 요구하는 것이 많으면 차라리 거부를 하자고 요."

"초랭커에 대한 비밀이 아직도 거의 알려지지 않았잖아 요. 그만큼 강하게 구속을 한다는 것 같아서 많이 꺼림칙했어요. 저희들을 위해 그런 제안을 해 주신 대장님께는 죄송해요."

헤븐힐에 이어 매디가 진심으로 미안한 얼굴로 말했다.

"아니야. 내가 그 생각은 못 했네."

"아니에요. 저희를 위해서 해 주신 제안인데 저희가 거부해서 죄송해요. 아무튼 대신 얼마 후 시판될 예정인 최신형 캡슐과 함께 30만 골드를 받기로 했는데 괜찮을까요?"

그 정도면 나쁜 내용은 아니다.

"당연히 괜찮지. 아무튼 나 때문에 괜히 마음고생을 시켰네."

"아닙니다."

세 사람은 가온이 괘념치 않는 모습을 보이자 비로소 안심을 하는 것 같았다.

가온은 마지막으로 마론과 샐리 그리고 시엥이 있는 곳으로 향했다.

"대장님, 한 잔 받으세요!"

벌써 얼굴이 붉어진 마론이 가온의 손을 잡아끌어 빈자리에 앉혔다. 덕분에 가온은 앉기가 무섭게 세 잔을 연거푸 마셔야만 했다.

"그래, 어떻게들 보냈습니까?"

이미 나크 훈으로부터 마론과 샐리 부부가 바깥나들이를 최소화하고 시엥과 함께 수련에 매진하고 있다는 말은 들었다.

"특별한 건 없었습니다."

"보너스로 새로운 마법을 익혔습니다."

마론과 시엥의 대답을 달랐지만 의미는 같았다. 마론의 입장에서 새로운 마법을 익히는 것은 전혀 새로울 것이 없었다.

"휴가까지 반납하고 수련한 효과는 좀 있었습니까?"

가온은 좀 물어 달라는 표정을 하고 있는 마론의 마음을 만족시켰다.

"사실 시너지 효과를 발휘하는 마법에 대한 연구를 좀 했습니다."

"마법과 정령술의 합공을 보고 느낀 것이 많았습니다. 그래서 가능하면 그렇게 시너지 효과가 나올 수 있는 마법 조합을 연구해 봤습니다. 곧 세 이계인 대원들과도 이런 내용을 공유하고 토의를 해 보려고 합니다."

그렇게 대답하는 시엥의 얼굴은 무척 밝았다. 좋아하는 일을 하고 있는 사람만이 지을 수 있는 표정이 떠올라 있었던 것이다.

"남편과 시엥은 마법 수련과 토론을 했고, 저는 라이라와 함께 수련을 했어요."

마론과 샐리의 대답을 들어 보니 휴가라는 말이 무색할 정도로 수련만 한 것 같았다.

"쉬기도 해야 합니다."

"압니다. 아는데 고문님들도 쉬지 않고 수련을 하는 데다 다음 경지가 눈에 보이니 쉴 수가 없더군요."

"저도 마론 형님과 함께 수련을 하면서 많은 것을 배웠습니다."

마론과 시엥은 알찬 시간을 보내 만족하는 얼굴이었지만 샐리는 좀 아쉬워하는 것 같았다.

"마론, 다음에는 부인과 함께 아그레브라도 다녀오세요. 아니, 다음에는 우리 클랜원 모두 휴양지라도 다녀옵시다."

"정말요?"

샐리가 반색을 하며 물었다.

"우리 클랜원들은 하나같이 수련광들이라서 자유의사에 맡기면 제대로 쉴 것 같지 않군요. 이 자리에서 약속하겠습니다. 다음에는 다 함께 휴양지로 여행을 가는 것으로 말입니다."

"어머머! 약속하신 거예요!"

수련에 빠져 있는 마론 때문에 둘만의 시간을 가지지 못해서 내심 삐쳐 있었던 샐리는 바로 다른 사람들에게 이 얘기를 알렸고, 다들 가온의 제의를 반겼다.

그들 스스로도 그런 방식이 아니면 제대로 쉬지 못한다는 사실을 잘 알고 있었던 것이다.

곧 각기 그룹별로 대화를 나누던 대원들이 모두 가온이 있는 곳으로 모여들었다.

"그거 기가 막힌 아이디어네! 어디로 갈까?"

"나는 낚시도 하고 시원한 나무 그늘 아래서 낮잠을 자면 좋겠어!"

"술맛도 좋고 눈을 즐겁게 할 처자들이 많은 곳이면 좋을 것 같아."

"이런 시국에 맘 편히 쉴 수 있는 곳이 있을까?"

"그래도 귀족들은 할 거 다 하면서 살더라."

"상인들도. 게다가 우리 정도면 충분히 즐길 자격이 있지."

"문제는 그런 곳이 있느냐 하는 말이지."

"뭣하면 하루 정도 투자해서 싹 치워 버리지, 뭐."

사람들은 생각만으로도 좋은지 흥분한 얼굴로 대화에 동참했다.

가온은 대원들이 이렇게까지 열렬하게 반응할지 몰랐다.

그런데 대화를 듣다 보니 마수와 몬스터가 창궐한 상황에서도 마음 편하게 휴가를 즐길 수 있는 장소들도 몇 군데 있었다.

그중 한 곳이 바로 부모님과 함께 즐거운 시간을 보낸 파르한도스섬이었다.

가온이 놀란 것은 용병 생활을 오래해 왔던 반 홀랜드나 미노스는 물론이고 타람과 로에니도 내심 파르한도스섬과 같은 곳에서 휴가를 즐기려고 했지만 일과 분위기 때문에 이번에 말을 꺼내지 못했다는 점이다.

원래 전문 용병들도 의뢰가 끝나면 어떤 식으로든 의뢰를 수행하는 동안 쌓인 정신적, 육체적 피로를 풀고 충전할 수 있는 시간을 가진다고 한다.

등급이 낮은 용병들은 그것이 사창가를 찾거나 싸구려 술을 마시는 것이지만 고위급 용병들은 신분과 관계없이 돈이면 거의 통하는 자유도시나 휴양지를 찾아서 즐긴다고 했다.

'그래. 돈만 벌면 뭐 하나. 즐기면서 살아야지.'

현실에서는 돈을 쓰고 싶어도 그럴 여유가 없으니 이곳에서라도 즐겨야겠다는 생각이 들었다.

결국 다음에는 다 같이 파르한도스섬으로 휴가를 가기로 결정하고서야 자리가 끝났다.

예상한 의뢰

그날 저녁에도 수련은 계속되었다.

개인 수련이 끝나자 가온은 먼저 고문들의 수련을 참관했다.

"며칠 사이에 급속히 확장되었던 마나오션과 마나로드가 안정되었군요."

나크 훈과 제어컨이 뽑아낸 오러 블레이드를 확인한 가온이 감탄하며 말했다. 짧은 휴가임에도 불구하고 스승과 제어컨 고문이 얼마나 강한 집중력으로 수련에 매진했는지를 결과로 알 수 있었다.

"아직 채 10분도 사용하지 못하는 부끄러운 상태다."

나크 훈은 정말 그렇게 생각하는지 민망한 얼굴이었다.

"그래도 이 정도면 입문 단계는 넘었습니다."

10분이라고는 하지만 엄청난 양의 마나가 필요한 오러 블레이드의 위력을 생각하면 실로 어마어마한 경지다. 소드마스터에 갓 입문했을 때는 오러 블레이드를 생성해서 채 3분도 견디지 못한다.

"나도 그렇지만 나크는 참으로 안타까워. 제대로 된 마나 연공술과 세심한 지도만 받았어도 10년 전에 소드마스터가 되었을 텐데."

제어컨이 손바닥 길이의 오러 블레이드를 생성하고 유지하느라고 전력을 기울이는 듯 벌겋게 달아오른 얼굴로 말했다.

"고문님도 대단하십니다. 이 정도로 빨리 소드마스터 입문 단계를 건너뛰는 경우는 아주 드물다고 들었습니다."

나크 훈과 달리 오러 블레이드를 5분 정도 유지하는 것이 고작이기는 하지만, 소드마스터에 오른 것이 불과 얼마 전임을 고려하면 제어컨의 재능이나 노력도 대단했다.

그런 두 사람의 옆에는 손가락 길이의 오러 블레이드를 생성하기는 했지만, 검의 형태도 아닐뿐더러 유형화된 오러가 연기처럼 풀어지려고 하다가 다시 형태를 이루는 과정을 반복하고 있는 네 명이 더 있었다.

"무조건 마나를 주입하려고 하지 마십시오. 검 밖으로 방출시키면서 검첨을 중심으로 겹겹이 쌓아서 형태를 이루도록 단단하게 구축해야 합니다. 그리고 무엇보다 중요한 것은 이미지입니다. 시간이 걸리더라도 방출하는 마나를 강한 의지력으로 붙잡아서 제대로 된 검의 형태로 만들고 유지하는 과정이 중요합니다."

가온은 이제 막 소드마스터에 입문한 네 사람에게 조언을 아끼지 않았다.

"마나의 양이 중요한 것이 아닙니다. 마나는 물질이되 물질이 아닙니다. 의지와 하나가 될 수 있는 에너지입니다. 강한 의지력과 확실한 이미지로 얼마든지 원하는 형태로 유형화된 오러를 만들어 낼 수 있습니다."

가온은 그들이 이전에도 수백, 수천 번은 들었을 소리를 반복하면서 의지가 흔들리지 않도록 중심을 세워 주었고, 어려워하는 문제에 대한 해결책이나 자신만의 노하우를 아끼지 않았다.

나크 훈과 제어컨도 도움을 아끼지 않았다. 그들은 네 사람이 걷고 있는 길을 불과 얼마 전에 걸어 봤기에 어떤 어려움을 겪고 있는지 잘 알았기에 그들의 경험을 전하는 것만으로도 큰 도움이 되었다.

고문들 다음 차례는 타람 남매와 정보 길드 출신의 데릭, 쿠엘린, 루크였다.

이 다섯 명은 검사를 뽑아낼 정도의 검기 완숙자 경지였지만 소드마스터에 입문한 고문들과는 상당한 격차가 있었다.

"대장님, 우리는 언제 도전을 할 수 있습니까?"

타람은 바로 옆에서 고문들이 연속해서 소드마스터에 입문하는 것을 보고 마음이 조급해진 모양이다.

그건 타람만이 느끼는 감정이 아니다. 로에니도 그렇고 데릭이나 쿠엘린 그리고 루크 역시 말은 하지 않았지만 얼굴에서 조급함이 묻어 나왔다.

"마나로드가 충분히 확장되지 않은 상태라서 마나 연공술을 바꾼다고 해서 아직은 효과가 적어."

가온은 다섯 명에게 소드마스터의 경지에 이르기 위한 세 가지 조건을 말해 준 바가 있었다.

그 세 가지란 마나, 육체, 그리고 마나와 육체에 대한 깨달음이다.

오러 블레이드를 생성하고 유지하기 위해서는 엄청난 양의 마나와 고도의 마나 운용력을 가지고 있어야만 했으며 마나의 순도가 높아야만 했다.

그래서 오랜 세월 동안 갈고닦은 높은 등급의 마나 연공술이 필요했다.

마나와 깨달음이 있다고 해서 소드마스터가 될 수 있는 건 아니다. 육체가 준비되어 있어야만 했다.

이 경우 육체란 마나오션과 마나로드를 말한다. 엄청난 양의 마나를 담을 수 있는 마나오션은 물론이고 순식간에 원하는 부위로 다량의 마나를 보내기 위해서는 마나로드 역시 충분히 확장되어 있어야만 했다.

다섯 명의 경우 바로 곁에서 고문들이 소드마스터에 이르는 과정을 보았기에 길은 확실히 알고 있었지만 육체가 아직 준비되어 있지 않았다.

"길도 알고 방법도 이미 알기에 오히려 더 지루하고 힘들더라도 마나오션과 마나로드를 확장시키는 수련을 반복해야만 해. 때가 되면 내가 이끌어 줄 테니까 꾹 참고."

"네, 대장님!"

"알겠습니다, 주군!"

다섯 명은 가온의 조언에 자꾸만 조급해지려는 마음을 애써 털어 버리고 수련의 의지를 다잡았다.

저녁 수련이 끝났지만 대원들은 아직 회포를 못 풀었는지 삼삼오오 모여서 다시 술을 마시기 시작했다.

먼저 몸을 씻으러 들어갔던 가온은 옷을 갈아입고 나와서 나디아와 매디 등 몇 명이 모여 있는 무리에 끼어들었다.

"무슨 얘기들을 하고 있었습니까?"

"우리 온 클랜에 대한 소문이 수도는 물론이고 이곳에도 널리 퍼져 있다는 얘기를 하고 있었어요."

그렇게 말하는 나디아는 물론이고 다른 대원들도 무척 뿌듯한 얼굴을 하고 있었다.

"어떤 소문입니까?"

"우리가 점보 던전의 공략에 핵심적인 역할을 했다는 것과 우리 클랜이 규모는 작지만 전투력이나 전술 역량이 엄청나게 높다는 것 그리고 1왕자 전하가 라헨드라 대마법사를 통해 그런 사실을 파악하고 적절하게 활용했다는 내용 등이 포함된 소문이에요."

"일반적인 소문과 달리 크게 과장된 부분이 없는 것 같아요."

"시간이 많이 안 지났고 주로 토벌군에 포함된 기사들이 그런 얘기를 꺼내서 그렇지 시간이 좀 더 지나고 수도와 멀어질수록 소문이 과장될 걸요."

"호호호. 매디의 말이 맞아요. 본래 소문이란 그런 거죠."

"아무튼 소문 덕분인지 이곳 매니저나 직원들이 우리를 쳐다보는 눈빛이 아주 뜨거워요. 주문하지도 않은 서비스도 늘었고요."

세르나는 물론이고 평소에는 과묵한 편인 라이라도 신이 나서 대화에 끼어들었다.

"안 그래도 마론 아저씨는 온 클랜에 대한 질문을 쏟아 내거나 어떻게든 달라붙으려는 모험가들 때문에 아예 길드에 발길을 끊었다고 하더라고요."

"모험가 길드만이 아니지. 타람 오빠나 로에니 언니도 용병 길드에 한번 들렀다가 아주 학을 떼고 나갈 생각을 포기했다잖아."

얘기를 들어 보니 지금 수도 인근에서는 점보 던전을 클리어한 것과 온 클랜에 대한 소문이 아주 뜨거운 모양이다.

나쁜 소식은 아니다. 사람들의 관심이 좀 귀찮기는 하지만 대원들의 소속감이나 자부심을 고양시켜 주니 말이다.

'슬슬 다음 행보를 고민해 봐야겠어.'

다음 행보란 차원을 넘어가는 것을 의미했다.

물론 먼저 시도할 생각은 전혀 없었다.

자신과 헤븐힐 일행은 부활이 가능하지만 나머지 대원들은 그렇지 않으니 말이다.

더구나 탄 차원에도 자신의 레벨업에 도움이 될 뿐 아니라 이곳 사람들의 생명과 안전을 위협하는 던전이 숱하게 많았다.

그런 생각을 하고 있는데 나디아가 갑자기 눈을 크게 뜨더니 그를 똑바로 쳐다봤다.

"아! 대장님, 꼭 아셔야 할 정보가 하나 있어요."

"뭐지?"

"어쩌면 새로운 의뢰가 들어올 것 같아요."

"의뢰?"

지금 온 클랜에게 들어올 수 있는 의뢰라면 토벌일 것이다. 아그레시아 왕국의 정예들이 던전을 나왔으니 곧 대대적인 토벌이 시작될 것은 뻔했다.

'별로 내키지 않아.'

어지간한 상대가 아니고는 더 이상 레벨을 올릴 수가 없었다.

그런데 이어진 말을 들은 순간 그런 부정적인 마음이 순식간에 사라졌다.

"정보 던전의 다른 층을 클리어하는 의뢰라고?"

"네. 아그레시아 왕국과 달리 다른 왕국들은 아직 해당 층을 클리어하지 못한 상태거든요. 거기에 수도로 귀환한 토벌군을 통해서 저희 클랜의 활약이 널리 퍼져서 그런지 다른 왕국들이 왕실이나 정보 길드에 우리 클랜에 대한 정보를 요청했나 봐요."

그렇다면 얘기가 다르다. 던전은 이젠 레벨업이 극히 어려운 가온에게는 그야말로 기회의 땅이나 다름없었다.

하지만 정보를 요청했다고 꼭 의뢰를 해 오리라는 법은 없었다.

"정보를 요청했다고 꼭 의뢰를 하리라는 법은 없지."

"아니에요. 다른 왕국에서 활동하는 용병 단체에게 의뢰를 할 때는 해당 국가와 해당국의 정보 길드 혹은 용병 길드에 정보를 요청하는 것이 의례적인 절차예요. 우리 온 클랜은 소속이 없는 만큼 왕실에 직접 정보를 요청할 수도 있고요."

그렇다면 맞을 것이다.

"매디는 어떻게 생각해?"

온 클랜에서 지략을 담당하는 이는 넷이다. 매디, 나디아, 세르나 그리고 가온과 한 몸이나 마찬가지인 벼리였다.

"제가 결정권을 가지고 있다면 받아들일 것 같아요."

평소에는 신중한 편인 매디가 적극적인 태도를 보였다.

"받아들인다?"

"네. 저희 길드는 비록 클랜 규모지만 대장님을 포함해서 소드마스터만 무려 일곱 명이에요. 제가 이 세계를 아직 자세히 아는 것은 아니지만 이런 전력을 갖춘 용병 단체는 거의 없을 거예요. 물론 우리처럼 드러내지 않은 경우도 있겠지만요."

그런가? 대원들을 둘러보니 다들 고개를 끄덕이고 있었다.

사실 소드마스터가 무려 일곱 명이나 되는 세력은 왕국의 근위기사단 정도밖에 없었다.

"다른 대원들의 실력도 가파르게 올라가서 클랜 활동에 걸릴 정도의 약자도 없고요. 마법사 전력이 조금 약하지만 정령사들이 있기 때문에 나름 전력의 균형도 잘 맞는 편이에요. 무엇보다 이번에 정보 던전을 클리어하는 데 큰 공을 세웠고요."

확실히 마지막 일격을 앞두고 있는 다른 왕국에서는 탐을 낼 수도 있었다.

"하지만 정보 던전은 위험해."

방금 전 매디의 말에 긍정하는 모습을 보였던 나디아가 브레이크를 걸었다.

　"다른 층들은 보스나 환경이나 1층과는 전혀 달라요. 적응할 시간도 필요하거니와 정보도 부족해요. 무엇보다 지금 고문님들에게는 시간이 필요해요."

　이제 막 소드마스터에 입문한 고문들에게는 시간이 더 필요한 것은 사실이다.

　그 말에 가온은 마음을 정했다.

　목표한 보상을 획득한 것은 물론 당분간 쓰고 남을 정도로 엄청난 자금까지 번 지금 굳이 대원들을 위험에 빠뜨릴 수는 없었다.

　그런데 그의 마음을 흔드는 사람이 나왔다.

　"언제는 안 위험했나요?"

　"맞는 말이다. 온아, 나는 찬성이다."

　묵묵히 대화를 듣고 있던 나크 훈이었다.

　"지금은 스승님을 포함한 고문들께 아주 중요한 시기입니다."

　"물론 그렇기는 하지만 어느 정도는 안정된 상태다. 그리고 우리에게 필요한 것은 수련보다는 실전이야."

　나크 훈의 경지가 가장 앞서지만 큰 범주에서 보면 고문들은 비슷한 경지다.

　다들 전력을 다하면 손바닥 길이의 오러 블레이드를 만들어 낼 수 있지만 오래 운용하지는 못하는 단계였다.

'그 정도로는 보스를 처리하는 정도의 의뢰를 수행하기는 힘들어.'

차라리 혼자라면 모르겠지만 이제 막 벽을 넘은 고문들에게는 너무 위험했다.

"일단 의뢰가 들어오면 모두 같이 의논을 해 보지요."

아직 의뢰를 받지도 않았는데 이런 논쟁을 벌이는 건 의미가 크지 않았다.

"그래. 결정은 대장의 몫이지. 그런데 내 생각이지만 반대하는 대원은 없을 것 같구나. 오히려 반기지 않을까 싶어."

나크 훈은 정말 그런 의뢰가 들어오면 받아들이고 싶은 모양이다.

생각해 보면 소드마스터에 입문한 고문들은 물론이고 고문들의 지도를 받아서 소드마스터로 향하는 길을 착실하게 걷고 있는 이들도 보다 강한 상대와의 실전을 고대할 것 같았다.

'어쩌면 스승님의 말씀이 맞을지도 모르겠네.'

자신의 전력을 끌어낼 상대와의 싸움이야말로 실력 향상에 큰 도움이 되니 말이다.

"그리고 이번 참에 우리 클랜의 전력을 공개하는 것은 어떨까요?"

나디아가 눈을 빛내며 제안했다.

"왜 그런 생각을 했지?"

"우리 클랜에 대한 소문이 퍼지면 의뢰를 이유로 우리를 귀찮게 하는 이들이 넘쳐 날 거예요."

"피라미들은 아예 포기하게 만들자?"

"그런 것도 있지만 그래야 제대로 된 의뢰를 받을 수 있지 않을까요? 보상도 포함해서요."

일리가 있었다. 가온도 굳이 숨길 생각을 했던 아니었고 의뢰를 수행하다 보면 자연스럽게 노출이 될 정보이기도 했다.

"좋아. 그럴 기회가 생기면 대련을 보여 주는 방식으로 공개하도록 하지."

"하하하. 안 그래도 유명해졌는데 세상 사람들이 더 난리가 나겠군요."

타람이 생각만 해도 좋다는 듯 크게 웃자 다른 대원들도 흐뭇한 미소를 머금었다.

나디아의 예상이 맞았다. 다음 날 아침, 정보 길드과 용병 길드에서 사람이 연달아 찾아왔다. 그것도 수도에 위치한 두 길드의 본부에서 고위직이 찾아온 것이다.

그 바람에 나디아를 비롯한 정보 길드 출신 대원들이 보이지 않았다. 굳이 만날 필요가 없으니 피한 것이리라.

두 사람은 서로 안면이 있는지 흠칫하는 얼굴이었지만 눈

인사만 나누고 자신들을 함께 한방으로 불러들인 가온에게 집중했다.

"온 클랜의 온입니다."

"처음 뵙겠습니다. 정보 길드에서 의뢰 접수를 담당하는 에이브런이라고 합니다."

"소문이 자자한 온 클랜장을 만나게 되어 반갑습니다. 용병 길드에서 같은 업무를 담당하는 레폰이라고 합니다."

정보 길드에서 나온 에이브런은 퉁퉁한 몸매에 보기 좋은 미소를 머금고 있어서 인상이 좋았지만 눈빛이 날카로운 중년 사내였고, 용병 길드에서 나온 레폰은 얼굴 왼쪽을 대각선으로 가로지르는 깊은 흉터로 인해 위압감이 느껴지는 장년 사내였다.

"안면이 전혀 없는 분들인데 이곳까지 무슨 일입니까?"

용병처럼 의뢰를 받아서 수행하기는 하지만 정식으로 용병 길드에 등록한 것도 아니기 때문에 굳이 용병 길드와 얽힐 일이 없었다. 정보 길드야 더 접점이 없었고.

그래서 가온의 태도는 거침이 없었다.

하지만 두 사람은 서로 눈치를 보며 말을 꺼내기를 주저했다.

"아무래도 동일한 용건 같은데 레폰 씨부터 말씀해 보십시오."

가온은 둘 중 레폰에게 질문했다. 같은 의뢰 담당이라도 정보를 다루는 에이브런보다는 레폰이 더 대하기 편했기 때문이다.

'과연 나디아의 예상이 맞을까?'

두 길드가 어떤 의뢰를 가지고 왔을지 기대가 되었다. 어차피 의뢰를 받아들일지 여부는 정하지 않았다.

"사실은 온 클랜을 대상으로 들어온 좋은 의뢰가 있어서 찾아왔습니다."

레폰이 용건을 밝히자 에이브런이 별로 놀라는 기색 없이 고개를 끄덕였다.

가온은 에이브런의 반응을 통해 예상한 대로 그 또한 동일한 용건으로 찾아왔음을 눈치챘다.

"당분간 휴식기를 가질 생각이기는 하지만 일단 들어나 보지요."

"톨람 왕국이 공략 중인 던전에서 중요한 일을 수행해 달라는 내용의 의뢰입니다."

역시 생각한 대로 점보 던전에 대한 의뢰 건이다.

"톨람 왕국이 공략하고 있는 던전은 네 개의 산을 제외하면 광대한 저습지가 펼쳐진 환경인데 주로 변종 나가와 리자드맨 등이 서식하고 있습니다. 그 둘뿐이라면 별문제가 없을 텐데, 흡혈은 물론 강력한 독을 가지고 있는 다양한 벌레들까지 있어 던전 공략이 지지부진한 모양입니다."

가온도 예전에 습지대를 통과하면서 그리폰에게 습격을

받아서 죽을 뻔했던 위기를 겪었다. 그만큼 움직이는 데 방해가 되는 저습지는 인간이 가진 무력을 제대로 발휘하기 힘든 환경이었다.

"무엇보다 차원석과 보스가 있는 레클리보스산과 가까운 습지에는 독충들 천지여서 접근조차 어렵다고 합니다. 와이번도 수시로 출몰하고요. 톨람 왕국은 온 클랜이 그 구역의 습지에 서식하는 독충들을 처리해 주기를 바라고 있습니다."

와이번의 공격이 예상되는 가운데 넓은 저습지의 수많은 독충을 처리해서 레클리보스산으로 향하는 길을 열어 달라는 의뢰였다.

"……말이 되는 의뢰라고 생각합니까?"

와이번의 공격을 막아 내면서 넓은 저습지 전체에 서식하는 독충을 없애려면 일단 수많은 인원이 필요했다.

그렇기에 가온은 너무 황당했다. 대체 자신들에 대해서 알아는 보고 하는 의뢰일까?

"5만이 넘는 톨람 왕국의 정예들도 할 수 없었던 일이기는 하지만 이제까지 온 클랜은 기기묘묘한 책략과 전술로 다른 사람들이 불가능하다고 생각하는 의뢰를 연달아 완수하지 않았습니까. 톨람 왕국이 온 클랜의 능력을 인정하는 겁니다."

레폰은 일단 온 클랜을 띄워 준 후 말을 이어 갔다.

"보상으로 100만 골드와 고대 유물 한 점까지 걸었습니다.

역대급 의뢰이지요. 물론 액수가 크니 길드 수수료는 최저 수준인 10%만 지급하시면 됩니다."

"하아! 서른 명도 되지 않는 우리보고 와이번의 공격을 감수하면서 넓은 습지의 독충들을 처리해 달라니, 참으로 재미있으면서도 황당한 의뢰군요. 뭐 그래도 불가능한 의뢰는 아니지만 고작 100만 골드와 유물 아이템 하나를 보상으로 걸다니 우리 온 클랜을 아주 우습게 알고 있나 봅니다."

"……보상 수준이 낮다는 겁니까?"

레폰이 이해가 가지 않는다는 얼굴로 물었다.

"정보 던전에서 우리가 수행한 의뢰의 대가로 받은 액수가 얼마인지는 알고 오신 겁니까?"

"그야……."

모를 리가 없었다. 이미 수도에 소문이 퍼졌으니 말이다.

"의뢰의 난이도도 그렇지만 의뢰 담당이라면 의뢰 내용에 대비해서 보상이 턱없이 낮다는 것을 모를 리는 없을 텐데…… 무시받는 것 같아서 이 의뢰는 거절하겠습니다."

더 들을 필요도 없었다. 제대로 운신도 힘든 저습지에서 채 서른 명도 되지 않는 인원으로 최상급 마수인 와이번들의 공격을 피해서 독충들을 처리할 수 있다고 생각하는 톨람 왕국 측이 이해가 가질 않았다.

'일단 찔러보는 거군.'

문제는 그것만이 아니다. 1층 클리어를 위해서 아그레시아 왕국에서 받은 의뢰 대금을 생각하면 톨람 왕국 측이 내건 보상은 너무 짰다. 그래서 단호하게 거절한 것이다.

거기에 용병 길드는 황당하게도 수수료까지 받겠다고 하니 기가 막힐 수밖에 없었다.

그런데 레폰의 반응이 좀 의외였다.

"방금 말씀하신 대로 불가능한 건 아니잖습니까. 총본부는 물론이고 우리 아그레시아 본부에서는 온 클랜이 이 의뢰를 받아 주기를 강력하게 희망하고 있습니다."

안 그래도 얼굴의 흉터로 인해서 인상이 험악한 레폰이 고압적인 얼굴로 기세를 방출하면서 말을 이었다.

"이 건을 성공시키면 온 클랜은 바로 S급으로 승급할 수 있으며 무엇보다 능력이나 성과에 비해서 무시를 받아 왔던 우리 길드와 용병들의 위상이 크게 올라갈 겁니다. 부디 제역할을 하고도 무시를 받는 수많은 용병들과 그들의 이익을 대변해 온 길드를 위해서 나서 주십시오."

이미 의뢰를 받아들이지 않기로 작정한 가온은 레폰이 나름 열을 내며 하는 부탁에는 아무 관심이 없었다.

'호오. 의뢰를 담당하는 자가 검기 완숙자라니 용병 길드에도 인재가 많군.'

"레폰 씨!"

가온이 레폰이 방출하는 기세를 정면으로 막아 내거나 밀어내는 대신 한쪽으로 가볍게 흘리자 두 사람의 눈이 커졌다.

기세를 방출해서 상대의 기세를 방호하는 것도 어렵지만 그 기세를 너무나 자연스럽게 흘리는 것은 훨씬 더 어려웠다.

그건 한 가지 사실을 의미했고 두 사람으로 하여금 가온과 온 클랜에 대한 생각을 바꾸게 만들었다.

'나보다 위다!'

'소드마스터!'

두 사람은 설마 가온이 소드마스터일 줄은 몰랐다. 수도에 퍼진 소문에는 그가 소드마스터라고 하지만 길드에서는 검기 완숙자로 판단하고 있었다.

사실 가온은 지금 많이 참고 있었다.

레폰이 자신의 실력을 시험할 요량으로 일부러 기세를 방출했다는 것을 짐작했기 때문이다.

"먼저 오해하고 있는 사실 하나를 바로잡고 얘기를 하도록 하지요. 우리 온 클랜은 용병 길드 소속이 아닙니다. 길드에 등록을 한 적도 없었고 용병 길드를 통해서 의뢰를 받은 적도 없습니다. 그리고 이 건으로 길드의 위상과 용병들의 권익이 높아질 수 있다면, 아그레시아 본부나 총본부에서 직접 의뢰를 수행하면 되겠네요. 이걸로 대답이 됐습니까?"

"……용병임을 부정한다는 겁니까?"

가온이 한 말은 전혀 생각도 하지 않았던 듯 당황한 레폰이 할 수 있는 말은 겨우 그것밖에 없었다.

"당연한 거 아닙니까? 나는 이 왕국 출신도 아니고 내 스승이신 나크 훈 님은 기사입니다. 다른 고문인 제어컨 님 역시 기사로 활동하시다가 은퇴를 하셨고요. 우리 온 클랜에서 용병으로 활동한 분은 붉은곰 용병단 출신 몇 명과 원년 멤버인 타람과 로에니 정도에 불과합니다. 대체 왜 우리 클랜이 용병 길드 소속이라고 생각했는지 알 수가 없군요."

레폰이 당황한 중에서도 잠깐 생각해 봤는데 길드에 등록조차 하지 않은 상태에서 과거에 용병으로 활동한 몇 명이 포함되어 있다고 해서 용병 단체로 보는 건 무리였다.

"하, 하지만 온 클랜은 이제까지 의뢰를 받고 수행해 왔습니다!"

"용병이 아니면 의뢰를 받으면 안 된다는 법이라도 있습니까?"

"그, 그건……."

레폰은 너무나 당당한 상대의 반응에 자신이 실수했다는 사실을 깨달았다.

탄 차원에서는 자유기사나 마법사도 얼마든지 개인적으로나 단체로 의뢰를 받아서 수행한다.

'설마 등록조차 하지 않았을 줄이야.'

처음 온 클랜에 대한 소문이 난 아그레브 지부에만 확인을 해 봤어도 알 수 있었던 일을 붉은곰 용병단의 반 홀랜드와 미노스가 고문으로 활동하고 있다는 사실에 무심코 넘겨 버린 것이다.

"거절까지 하고 이런 말을 하는 것은 좀 우습지만 용병 길드에 실망했습니다. 톨람 왕국의 정예 5만 명도 하지 못한 위험한 일을 정말 우리 온 클랜이 할 수 있을 거라고 생각했던 겁니까? 그랬다면 우리 온 클랜의 능력에 맞는 대가를 지급해야 한다고 당연히 생각했을 텐데요. 만약 우리 온 클랜이 용병 길드 산하의 조직이라고 생각했으면 이런 황당한 의뢰가 들어왔어도 길드 차원에서 차단을 하든지 보상 수준을 적절하게 조정했어야 하는 거 아닙니까?"

"……"

레폰은 할 말이 없었다. 용병 길드에 등록되지 않은 온 클랜이 의뢰를 받아들일 가능성이 전혀 없는 의뢰였다.

그런 황당한 의뢰를 그저 총본부에서 내려온 명령이라는 이유로 아그레시아 본부에서 밀어붙이려고 했던 것이다.

물론 불가능한 의뢰라고 해도 받아들일 용병들은 많았다.

용병들이 죽음을 각오하고 의뢰를 수행하는 건 돈 때문이라는 건 어느 누구도 부인하지 않는다. 심지어 선금만으로 죽음이 기다리고 있는 곳으로 뛰어들 용병들도 엄청나게 많았다.

그런 용병들을 숱하게 보아 왔던 레폰이나 길드장도 별다른 고민도 하지 않고 온 클랜에게 이런 의뢰를 중개할 생각을 한 것이다.

하지만 온 클랜은 다르다. 이미 정보 던전에서의 의뢰로 더 이상 돈 걱정을 하지 않을 정도의 거금을 벌어들인 상태였다.

더구나 이 의뢰는 레폰 개인적으로나 객관적으로 생각해도 아그레시아에서 활동하는 그 어떤 용병단도 완수하기 힘들다.

'수도에 퍼져 있는 소문만 믿고 너무 성급하게 굴었구나.'

다른 건처럼 수뇌부 회의라도 열어서 논의를 했어야 했는데 아무 생각 없이 길드장의 지시에 따라 찾아온 것이 잘못이었다.

정신을 차리고 생각을 해 보니 자신이 온 클랜이라도 이런 의뢰를 받아들일 이유는 전혀 없었다.

가온은 망연자실한 얼굴이 된 레폰에게 눈을 떼고 이번에는 에이브런을 쳐다봤다.

"정보 길드에서도 같은 내용으로 찾아온 겁니까?"

"으음. 정보 던전의 클리어와 관계된 의뢰이기는 하지만 의뢰 대상과 의뢰자는 다릅니다."

"용병 길드의 의뢰와 비슷한 난이도와 보상입니까?"

"……네. 그렇습니다."

에이브런은 레폰이 한 방을 먹고 있을 때부터 굳어진 얼굴로 힘겹게 대답했다.

"더 할 말이 없습니다."

그렇다면 더 들어 볼 필요도 없었다.

에이브런은 할 말이 더 있는 것 같은 얼굴이었지만, 고개를 끄덕이기만 했다.

이미 용병 길드의 의뢰를 거부한 온 클랜으로 하여금 의뢰를 받게 만들 수 있는 방법이 없었다.

'길드장이 난리를 치겠네.'

사실 온 클랜의 클랜장이 제정신이라면 이런 의뢰를 받아들이지 않는 것은 정상이다. 아무리 계약금이 엄청나다고 해도 불가능한 의뢰이니 말이다.

전력 공개

그렇게 별 소득을 올리지 못한 두 사람이 밖으로 나갔을 때 본 광경은 나름 산전수전을 다 겪은 그들이 평생 한 번도 받지 않았던 거대한 충격을 주었다.

'소드마스터!'

별채의 넓은 연무장에는 두 사람이 대련을 하고 있었는데, 그들의 검에는 에이브런과 레폰도 몇 번 본 적이 없는 오러 블레이드가 솟아나 있었다.

오러 블레이드를 생성한 두 사람은 눈에 보이지도 않을 정도로 빠르게 움직이면서 상대를 공격하고 상대의 공격을 막아 내고 있었는데, 합이 얼마나 잘 맞는지 잠깐 보는데도 손에 진땀이 밸 정도로 긴박하면서도 위력적이었다.

가온과 함께 있어서 그런지 아니면 대련을 하는 소드마스터들에게 집중하고 있는지 연무장 주위에 있는 온 클랜원들은 지켜보는 에이브런과 레폰의 존재를 별로 신경 쓰지 않았다.

"그만!"

유일하게 연무장 한쪽에 서 있던 은발에 은색 눈썹이 인상적인 장년인이 소리치자 대련을 하던 두 소드마스터가 오러 블레이드를 거두었다.

"나크 훈?"

은발과 은색 눈썹에 잠깐 헷갈렸지만, 레폰과 에이브런은 그가 기사들에게 존경을 받는 나크 훈 기사임을 알아보았다.

"이번에는 미노스와 타가튼 고문이 대련을 하도록 하지. 오러 블레이드를 발현시키고 유지하는 것까지는 어느 정도 안정이 된 것 같으니, 앞서 대련한 두 고문처럼 공격과 이동에 신경을 쓰도록 해."

대련을 주재하는 은발 장년인의 말에 새로운 대련자들이 연무장 안으로 들어오더니 검에 마나를 주입해서 손바닥 길이의 오러 블레이드를 생성했다.

"미친!"

'소드마스터가 넷?'

레폰은 너무 놀라서 경호성을 토했고 에이브런은 입만 떡 벌리고 동상처럼 굳었다.

그렇게 두 외부인까지 지켜보는 가운데 두 소드마스터는 대략 3분 정도로 대련을 했는데, 오러 블레이드가 부딪히는 것은 최대한 피하면서 공격과 방어를 했다.

놀라운 것은 두 사람이 달리 소드마스터가 아닌 듯 잔상이 남을 정도로 빠르게 이동했다는 점이다.

그건 온 클랜원들이 모두 익히는 쾌보였는데 블링크 마법에 못지않게 빨랐을 뿐 아니라 전후좌우로 유령처럼 움직일 수 있게 해 주었다.

그게 끝이 아니었다. 이어서 대련을 주재했던 나크 훈이 참여하는 세 번째 대련까지 이어졌는데 상대방의 정체는 레폰이나 에이브런이 금방 알아보았다.

'제어컨 기사마저 소드마스터라니! 게다가 둘 다 입문 정도가 아니야! 둘 다 은퇴하기 전까지는 검기 완숙자 실력으로 알고 있었는데 설마 은퇴 후에 소드마스터가 된 건가?'

이전의 네 사람과 달리 나크 훈과 제어컨의 오러 블레이드는 팔뚝 길이에 달했다.

두 사람 역시 최대한 검을 맞대지 않고 상대를 공격하고 공격을 피하는 방식으로 대련을 했는데, 속도가 너무 빨라서 검기 완숙자인 에이브런과 레폰도 어떻게 붙고 떨어지는지 다 볼 수가 없을 정도였다.

"그만!"

10분 정도가 지나자 가온이 대련을 중지시켰고, 에이브런과 레폰도 그제야 정신을 차렸다.

"대련 시간이 아직 끝나지 않아서 멀리 안 나겠습니다. 그리고 우리는 곧 이곳을 떠날 테니 더 이상 볼 일도 없을 겁니다."

"네! 넷!"

"실례가 많았습니다!"

가온의 말에 허리를 깊이 숙여 인사를 한 에이브런과 레폰은 들어올 때와 달리 잔뜩 경직된 태도와 질린 얼굴로 여관을 떠났다.

그렇게 질린 얼굴로 허둥지둥 별채를 떠나는 두 사람을 지켜보던 나크 훈이 손님이 방문한 후 모습을 드러내지 않다가 어느새 곁으로 온 나디아를 보고 잇몸을 드러내며 웃었다.

"이젠 우리 온 클랜을 섣불리 이용할 생각은 하지 않겠지?"

"물론이에요, 고문님."

아무리 클랜 단위라고 해도 소드마스터만 무려 일곱 명이나 되는 무력 단체를 건드릴 간담을 가진 세력은 없을 것이다. 그게 왕국이라 해도 말이다.

그런 나디아의 생각은 바로 확인이 되었다.

용병 길드 본부.

거구에 사자처럼 사방으로 뻗힌 머리카락이 아주 인상적

인 아그레시아 본부장, 칼데라트는 레폰의 보고를 받고 너무 놀라서 벌떡 일어났다.

"저, 정말 소드마스터만 여섯 명이라고?"

"그렇습니다. 제 눈으로 그들이 오러 블레이드를 생성한 모습을 직접 봤습니다. 그리고 제가 방출한 기세를 너무나 자연스럽게 흘리는 것을 봐서는 온 대장 역시 소드마스터인 것이 분명합니다."

꼭 그것이 아니더라도 대장이 소드마스터가 아니라면 여섯 명이나 되는 소드마스터를 이끌 수가 없었다.

"으음. 소드마스터만 무려 일곱 명이라니! 그럼 온 클랜이 점보 던전에서 소문과 달리 기기묘묘한 전술이 아니라 순수한 무력으로 의뢰를 완수한 거란 말이지?"

"온 클랜이 그동안 뛰어난 전술 역량을 가진 것으로 소문이 났지만, 사실 그들이 완수한 의뢰를 검토해 보면 소드마스터 몇 명이 포함되었어야 하는 것이 맞습니다."

레폰도 이제야 깨달은 사실이다.

"그런데 그들이 용병임을 부인했다?"

"네. 길드에 등록한 사실 자체가 없다고 했습니다. 그리고 본부로 돌아와서 바로 확인해 봤는데 그 말이 사실이었습니다. 모험가에 마법사는 물론이고 이계인들도 포함되어 있으며, 무엇보다 나크 훈과 제어컨 두 사람은 은퇴를 했지만 왕국에서도 유명한 기사들이었습니다."

두 사람은 칼데라트도 잘 알 정도로 유명한 기사들이다. 명예를 빼면 시체라는 기사, 그것도 기사들에게 존경받는 두 사람이 귀족이나 기사 들에게 무시를 받는 용병으로 활동할 리가 없었다.

"그럼 우리가 무례를 범한 거로군."

"네. 괜히 총본부의 명령을 운운한 것도 온 대장의 심기를 건드린 것 같습니다. 그렇지 않았다면 소드마스터들의 대련 모습을 제게 보여 주며 무력을 드러낼 리가 없지요. 무례하게 굴지 말라는 경고로 받아들이면 될 것 같습니다."

'그렇겠지.'

칼데라트는 온 클랜의 온 대장이 무슨 생각으로 대원들의 실력을 공개했는지 짐작할 수 있었다.

'자신들을 우습게 보지 말라는 거겠지.'

소드마스터 일곱 명이면 아무리 많은 용병들이 상시 대기하고 있는 본부라고 해도 몇 시간 안에 전멸당할 것이다. 소드마스터는 그 정도로 강력한 존재였다.

"이제 어떻게 합니까?"

"어떻게 하긴 뭘 어떻게 해. 총본부에 그대로 보고를 해야지. 그런데 나머지 클랜원들의 실력은 확인했나?"

"아뇨. 다만 풍기는 기세로 보아 전원이 검기 사용자인 것 같습니다."

"그렇겠지."

그 정도의 무력을 가지고 있으니 점보 던전에서 세 왕자가 매달리며 의뢰를 했고 성공을 시켰을 것이다. 그리고 그 의뢰는 던전을 클리어하는 데 결정적인 내용이었을 것이다.

'아무래도 의뢰와 상관없이 빨리 움직여야겠구나.'

만약 그들이 앞으로도 아그레시아 왕국에서 활동을 하게 된다면 무례를 범한 용병 길드의 입장이 난처하다.

예컨대 그들의 무력이 필요할 때도 있을 텐데, 이번 일로 인해서 전혀 도움을 받을 수 없는 상황이 벌어질 수도 있었다.

'용병 단체가 아니라 수련과 실전을 위해서 유랑을 하는 기사 집단 혹은 검술관으로 보는 것이 맞을 것 같구나. 자신들을 용병 취급을 했다고 기분 나빠 할 가능성이 농후해.'

농후한 것이 아니라 필시 그럴 것이다. 기사라는 족속들이 얼마나 용병들을 우습게 보는지는 자신이 누구보다 잘 알고 있으니 말이다.

그러니 빨리 그들의 기분을 풀어 주어야만 했다.

"일단 톨람 왕국 측에 의뢰가 거부당했음을 알리고 온 클랜의 전력에 대해 다시 전하게. 용병이건 아니건 그 정도 전력을 가지고 있다면 그 정도 보수로는 고용을 할 수 없어. 이미 점보 던전에서 완수한 의뢰로 인해서 돈은 부족하지 않을 거고."

"그렇긴 합니다."

아무리 입문 단계라도 소드마스터만 최소 여섯 명이다. 그런 전력을 가진 세력이 겨우 100만 골드와 유물 아이템 하나 때문에 하늘의 제왕이라고 불리는 와이번을 상대하면서 넓은 저습지의 독충을 박멸하는 일에 나설 것 같지는 않았다.

칼데라트는 조만간 온 클랜을 직접 찾아서 사과를 해야겠다고 생각했다.

그 전에 할 일이 있었다.

"레폰, 좋은 술을 준비해서 다시 방문해. 그리고 정중하게 우리의 실례를 사과하고."

"알겠습니다."

용병치고는 유난히 자존심이 강한 레폰이지만 길드장의 이번 지시에는 아무런 토도 달지 않았다.

그리고 얼마 떨어지지 않는 곳에 위치한 정보 길드 본부에서도 비슷한 광경이 펼쳐지고 있었다.

대원들은 가온이 이렇게 빨리 의뢰를 거절할 줄은 몰랐다. 왜냐하면 미리 얘기했던 것도 그렇고 평소 가온은 의뢰를 받을 때 대원들과 의논하는 과정을 거치기 때문이었다.

그렇다고 서운한 것은 아니지만 다른 때와 확실히 다르긴 했다.

그런데 이상하게도 다들 속이 시원해지는 기분이었다.

'후후후! 우리 대장, 멋있네!'

콧대 높기로 소문난 용병 길드는 물론이고 정보 길드의 의뢰를 가차 없이 거절한 이유가 무엇인지는 알 수 없지만 이상하게 자긍심이 급격히 차올랐다.

"온아, 혹시 의뢰를 거절한 이유라도 있는 것이냐?"

그래도 나크 훈이 물었는데 대장이 아니라 이름을 부르는 것으로 봐서 개인적인 호기심을 풀기 위함인 것 같았다.

"의뢰 내용 때문이 아닙니다. 우리를 산하 용병 단체라고 간주하고 당연히 자신들의 제의를 받아들일 것이라고 생각하고 무례하게 구는 용병 길드의 의뢰를 받아들일 이유가 없지요."

"흠. 그건 그렇지."

온 클랜에서 용병으로 활약한 사람은 네 고문과 타람 남매 그리고 시엥밖에 없었다.

나머지는 기사나 모험가 등 출신이 다양했다.

탄 차원은 굳이 용병으로 등록을 하지 않아도 다양한 방식으로 의뢰를 받고 수행하는 이들이 많다.

만약 용병 길드의 의뢰를 받아들이면 온 클랜이 용병 클랜이라는 사실을 인정하는 것이 된다. 그때부터는 용병 길드의 영향력을 벗어나기가 힘들어진다.

"정보 길드의 경우 나디아를 비롯한 우리 대원들 때문에 내용을 듣지도 않고 거절했습니다."

그렇게 말을 듣고 보니 과연 의뢰를 거절할 이유는 충분했다.

"하지만 점보 던전에서의 실전은 우리 대원들에게 큰 도움이 될 텐데……."

그렇게 말하는 것을 보니 나크 훈은 아무래도 아쉬운 모양이다.

"우리 클랜의 전력을 공개했으니 용병 길드와 정보 길드가 정말 우리에게 의뢰를 맡길 생각이 있다면 다른 조건을 들고 찾아오지 않겠습니까. 그리고 그들이 아니더라도 두 길드가 동시에 움직일 정도면 다른 쪽에서도 연락이 올 겁니다. 굳이 중개 수수료를 지불할 필요가 없는 그런 세력 말입니다."

"혹시 왕실 쪽을 기다리는 것이냐?"

"네, 스승님."

가온의 말을 들은 나크 훈은 물론이고 나머지 대원들도 이제야 알았다는 얼굴로 격하게 고개를 끄덕였다.

이미 점보 던전을 클리어하는 데 큰 공적을 세운 온 클랜에 대한 소문은 수도 전역에 자자하다고 했다.

정말로 다른 왕국들이 온 클랜에 의뢰를 할 생각이 있다면 왕실을 통해서라도 제안을 해 올 것이 틀림없었다.

그렇게 되면 일단 중개 수수료를 내지 않아도 될 뿐 아니라 아그레시아 왕실에 빚을 하나 지워 두는 것이나 다름없었다. 아그레시아 왕실은 분명히 소툼 왕국에 합당한 대가를 받아 낼 테니 말이다.

"정말 왕실에서 사람을 보내올까?"

나크 훈은 믿기 힘들다는 얼굴이었다. 그가 생각하길 점보 던전처럼 위급한 상황이 아닌 이상 권위의식이 강한 왕실에서 다른 왕국의 의뢰를 중개할 이유가 없었다.

대답은 나디아가 했다.

"올 거예요, 틀림없이!"

그녀의 대답은 단호하고 확고했다.

왕실의 의뢰

다른 날 같았으면 한창 수련을 하고 있었겠지만 오늘은 좀 달랐다.

짐작만 하고 있었던 고문들의 실력을 눈으로 직접 보았고 콧대 높은 용병 길드와 정보 길드의 간부들이 질린 얼굴로 황급히 떠나는 모습까지 봤기 때문에 다들 크게 흥분하고 고양된 상태였다.

삼삼오오 모여서 도수가 낮은 맥주를 마시면서 얘기를 나누며 느긋하게 오전 시간을 보내고 있었다.

그런데 샤나와 함께 잠깐 밖에 나갔던 패터가 달려 들어왔다.

"정말 왕실에서 찾아왔어!"

그 말이 끝나기가 무섭게 익숙한 얼굴이 별관으로 들어왔다.

"라헨드라 님!"

그를 가장 먼저 발견한 나크 훈이 뛰어나가 그를 맞이했는데 다른 대원들 역시 다투어 그와 인사를 나누었다.

"하하하. 잘 지냈나? 쉬고 있는데 방해를 한 건 아닌지 모르겠네."

"푹 쉬었습니다."

"다행이네. 나는 할 일이 많아서 통 쉴 수가 없었거든."

그 말이 사실인 듯 라헨드라는 무척 피곤해 보였다.

"그나저나 새로운 경지에 올랐다고?"

아마 나크 훈이 소드마스터라는 정보를 입수한 모양이다.

"운이 좋았습니다."

"운은 무슨! 자네가 얼마나 성실하게 수련했는지 모르는 사람이 어디 있다고. 그게 다 노력의 대가일세. 축하하네!"

"감사합니다."

나크 훈은 그 누구의 축하보다 라헨드라의 말에 감격했는지 눈시울을 붉혔다.

"실론, 준비한 것을 꺼내라."

라헨드라를 수행한 마법사 중 검은 수염이 인상적인 중년인이 아공간 주머니 하나를 꺼냈다.

"받게."

"이게 뭡니까?"

"우리 왕실 마탑을 포함한 모든 마탑에 소속된 마법사 중 5서클 이상은 1년에 정해진 양의 스크롤을 제작해야만 하는 건 알고 있지?"

"네."

마탑 지부에서 판매하는 매직 스크롤이 바로 그것이다. 물론 스크롤만 전담해서 만드는 마법사들도 따로 있긴 했지만.

"온 클랜은 마법사 전력이 좀 약한 것 같아서 쓸 만한 것들로 좀 챙겨 왔네. 던전에서 내 면을 세워 준 것에 대한 보답이네."

"감사히 잘 쓰겠습니다."

얼마나 준비를 해 왔는지 모르겠지만 이런 선물은 거부할 필요가 전혀 없었다. 자신이 직접 경험한 라헨드라의 성정상 반대급부가 있는 것도 아니었으니 말이다.

"한창 바쁘실 텐데 여기는 어떻게 찾아오신 겁니까?"

나크 훈은 아공간 주머니를 로에니에게 넘기며 물었다.

실제 탑이 있는 마탑은 아니지만 왕실 마탑 역시 꽤 많은 마법사들이 소속되어 있어서 탑주가 멀지는 않다고 해도 이렇게 수도를 벗어나 여기까지 오는 것은 쉬운 일이 아니다.

"온 대장에게 할 말이 있어 찾아왔네."

"라헨드라 님, 어서 오십시오."

그때 방 안에서 명상을 하던 가온이 나와 라헨드라에게 인사를 했다.

"안에 있었군. 긴히 할 말이 있는데 잠시 시간을 내줄 수 있겠나?"

"그럼요. 제 방으로 드십시오."

"잠시 후 나올 테니 너희들은 식당에서 차라도 마시고 있거라."

라헨드라는 제자들을 여관의 식당으로 보낸 후 가온을 따라 방 안으로 들어왔다.

"제가 차를 준비할게요."

"부탁해요."

세르나에게 차를 부탁한 가온이 라헨드라를 테이블 쪽으로 안내했다.

"식사는 하셨습니까?"

"아침이라면 간단하게 했네. 오랫동안 자리를 비워 두어서 그런지 할 일이 무척 많네."

라헨드라는 정말로 힘이 드는지 가온이 들어도 별로 관심이 없는 마탑의 업무에 대한 이야기를 잠시 늘어놓았다.

그래도 듣다 보니 흥미로운 정보들이 많았다. 특히 왕실 마탑은 마탑이 존재하지 않고 왕궁 한쪽에 자리를 잡고 있어서 다른 마탑들과 구별되는 내용들이 꽤 많았다.

마탑들의 영향력을 줄이기 위해서 전전대 국왕이 만든 왕실 마탑에서는 다른 마탑과 달리 일반 마법 사용이 아니라 전쟁이나 사냥에 특화된 스크롤만 제작한다든지, 일정 기간 마탑을 위해 봉사를 하면 언제든 마탑을 나갈 수 있다는 내용이 특히 관심을 끌었다.

'매직 스크롤을 위해서도 그렇지만 실력 있는 마법사를 영입하려면 왕실 마탑과 좋은 관계를 유지해야겠구나.'

그런 생각을 하면서 듣다 보니 세르나가 백화차를 가지고 들어왔다.

이젠 본론을 얘기할 시간이었다.

"요즘 왕실의 분위기는 어떻습니까?"

국왕의 상태가 오늘내일 한다는 말은 이미 들어서 알고 있었다.

"국왕 폐하의 경우 남은 시간이 많지 않지만 몸 상태는 크게 나쁘지 않으시네. 오늘 아침에 대전에서 귀족 회의가 있었는데 그 자리에 참석하셔서 1왕자 전하를 공식적으로 후계자로 선언하셨네."

"반발은 없었습니까?"

"일단 외견상으로는 없었네."

어쨌거나 정보 던전을 공략하는 과정에서 1왕자가 가장 큰 공을 세운 것은 모두들 알고 있으니 드러나게 반발을 할 수는 없을 것이다.

'부디 내전이 안 벌어지길.'

일단 내전이 발발하면 안 그래도 마수와 몬스터 들로 인해서 수많은 사람들이 죽고 다쳤으며 생활 영역이 크게 축소된 상황에서 국민들은 더욱 힘든 삶을 살아야만 했다.

본래 전쟁은 수많은 사람의 피와 눈물을 먹고 사는 잔인한 무생물이다.

"아마 2왕자나 3왕자가 크게 반발을 하진 않을 걸세. 굳이 물 건너간 왕권에 연연하지 않아도 그들에게도 다른 길이 있으니."

다른 길이란 새로운 차원을 건너가는 것을 말하는 것이리라.

"그리고 온 대장에게도 포상을 내리셨네."

"제게요?"

"다른 두 마수를 누가 어떻게 처리했는지는 모르겠지만, 온 클랜이 아니었다면 우리는 아직도 많은 희생을 감수하면서 리치와 죽음의 군단을 상대하고 있었을 걸세."

마핀과 자이언트 웜을 누가 어떻게 사냥했는지는 아직도 밝혀지지 않은 모양인데 이미 던전이 클리어되었으니 영원히 비밀이 될 것이다.

"보상은 충분히 받았다고 생각하지만 굳이 포상을 내리신다면 받겠습니다."

"아마 기대해도 될 걸세."

꽤 많은 돈을 상금으로 내릴 모양인데 이제 돈에는 큰 관심이 없었다.

"그런데 혹시 새로운 차원에 대한 정보가 있습니까?"

"아무도 모르네. 돌아온다는 보장도 없고. 다만 루 여신이 신탁을 통해서 재능이 부족하더라도 노력만 한다면 오르지 못할 경지가 없다고 하니 이곳에서 신분이나 재력 때문에 기회를 잡지 못한 이들이 열광하는 것이지."

가온은 라헨드라의 말에 내심 부정적인 기분이 들었다.

'과연 그런 곳이 있을까?'

사실 인간은 태생적으로 불평등하다. 후천적인 노력으로 태생적인 불평등을 극복하는 경우가 없는 것은 아니지만 보통 그런 일은 극히 드물다.

더구나 인간은 다른 동물과 달리 피로 이어진 후손에 대한 미련이 굉장히 강하다. 그래서 성공한 인간은 자신의 후손이 남들보다 앞서 출발할 수 있는 조건을 만들어 주려고 노력한다.

그런 지원에는 높은 등급의 마나 연공술이나 영약 혹은 뛰어난 교수 등이 있는데 후천적인 노력으로는 극복하기 힘든 요소였다.

그런데 게이트 너머의 차원은 노력만 하면 재능이나 지원이 없이도 원하는 것을 이룩할 수 있다고 한다.

'당연히 믿을 수 없지.'

그런 곳을 사람들은 이상향이라고 부른다. 현실 속에서 존재할 수 없다는 의미다.

하지만 만에 하나 그런 세상이 있을 수도 있었다.

'어쩌면 그곳의 인간은 다를지도.'

그보다는 차원을 건너갈 수 있는 징표를 획득한 존재는 세운 업적에 따른 보상과 갓상점 시스템에 접속할 수 있는 자격이 주어지는 것이 아닐까 생각했다.

보상과 갓상점을 이용하면 재능이 부족하거나 세력의 지원이 없더라도 충분히 원하는 경지를 성취할 수 있었다.

하지만 지금까지도 갓상점을 이용할 수 있는 이들이 있었기에 정말 그런지는 알 수 없었다.

잠깐 그런 생각을 하던 가온은 아직 라헨드라가 용건을 꺼내지 않았음을 떠올리며 지워 버렸다.

"그런데 바쁘신 와중에 절 찾아오신 이유가 있을 것 같은데요."

"그래. 정작 찾아와서 다른 얘기를 너무 오래했군. 사실 라티르 왕국과 드베인 왕국에서 왕실을 통해서 부탁을 하나 해 왔네."

왕실 간에 오간 얘기라서 그런지 의뢰를 부탁이라고 표현했다.

"어떤 부탁입니까?"

"온 클랜에게 의뢰를 하고 싶다는 내용이었네. 더 자세하게 말하면 자신들이 현재 공략하고 있는 던전의 클리어에 핵심적인 역할을 맡기고 싶다는 것이지."

역시 예상한 대로였지만 용병 길드를 통해서 의뢰를 한 톨람 왕국은 언급이 되지 않았다. 아무래도 톨람 왕국은 아그레시아 왕실을 통하지 않을 모양이다.

"구체적인 내용을 들을 수 있겠습니다."

"물론 자세히 설명해 주어야지. 우리 왕국으로서도 걸린 것이 꽤 많네."

라헨드라는 거의 30분에 걸쳐서 두 왕국의 정예가 공략하고 있는 던전과 토벌 현황에 대한 상세한 정보와 함께 구체적인 의뢰 내용을 얘기해 주었다.

"그러니까 3층의 경우 화이트그리핀 100여 마리를 사냥하는 것이고, 5층은 변종 워베어 300마리를 사냥하는 거군요?"

"맞네. 가능하겠나?"

"5층은 전력을 기울이면 가능할 것 같은데 3층은 자신이 없습니다."

드베인 왕국이 맡은 5층의 경우 광활한 수림 지대였고 영역을 가지고 독립생활을 한다는 변종 워베어를 기한 내에 목표 수만큼 사냥하는 것은 굉장히 어려웠다.

게다가 변종 워베어는 검기 실력자에 준하는 전투력을 가지고 있다고 했다.

'그래도 방법은 있어.'

하지만 3층은 달랐다. 3층은 물을 뿌리면 곧바로 얼어 버릴 정도의 극한의 추위를 감수하면서 비행 마수인 화이트그리핀 무리를 사냥해야만 했다.

화이트그리핀은 탄 차원에도 존재하는 마수로 겔루아비스라는 이름을 가진 괴조였다.

이름과 달리 그리핀의 한 종류는 아니지만 희고 길며 방호력이 최상인 깃털에 거대한 동체를 가지고 있으며 무엇이든 얼려 버리는 브레스를 분출한다고 알려졌다.

물론 자신과 정령의 능력을 최대한 사용하면 사냥이 불가능한 것은 아니지만 개인적으로 추운 곳은 질색이다.

"확실히 3층은 어렵지. 다른 층은 그래도 공략도가 85% 정도인데 그곳만 겨우 70%를 넘겼다고 하니. 무엇보다 현존하는 그 어떤 방어구로도 견디기 힘든 극한의 추위와 걸음을 옮기기 힘들 정도로 쌓인 눈 그리고 얼음이라는 환경이 가장 큰 문제지."

다행히 라헨드라도 가온이 자신 없어 하는 태도를 충분히 이해하는 것 같았다.

"그래도 한번 고민해 보게. 아주 진귀한 고대 유물을 두 개나 걸었으니 말이야. 온 대장은 그나마 비행 아이템 덕분에 자유롭게 비행은 가능하지 않나. 그쪽은 그럴 방도가 없어서 보스가 속해 있는 겔루아비스, 아니 화이트그리핀 무리를 아예 상대할 수가 없는 상태라고 하네."

라헨드라는 온 클랜이 한 의뢰만 맡는다면 라티르 왕국 건을 선택해 주길 바랐다. 1왕자의 간곡한 부탁이 있었기 때문이다.

"왕실에서 라티르 왕국이 맡은 층에 신경을 쓰는 이유가 따로 있습니까?"

가온은 라헨드라와 대화를 하는 내내 껄끄럽던 문제를 꺼냈다.

"자네도 알겠지만 라티르 왕국은 달리는 철의 나라라고 불리네. 수많은 광신이 있지. 그것도 절반 이상은 땅거죽만 살짝 벗겨 내는 것으로 채굴할 수 있고 매장량마저 많은 노천 광산이네. 그래서 마수와 몬스터의 창궐 사태에도 불구하고 채굴량이 적지 않네."

무슨 얘기인지 알 것 같았다. 점보 던전을 클리어했으니 이제 마수와 몬스터 토벌에 집중해야 하는데, 무기를 만들 재료인 금속이 부족한 것이다.

"필요한 금속 괴들은 라티르 왕국의 귀족들과 독점 거래를 하고 있는 블랙펄 상단을 통해서 구할 수 있기는 한데, 가격이 너무 올랐네. 이전에 비해 거의 10배나 올랐네."

당연히 금속 괴들의 가격은 뛰었겠지만 블랙펄 상단은 이렇게 어려운 상황을 이용해서 폭리를 취하는 것이다.

"설마 왕실 간 직거래를 하실 생각입니까?"

"그건 블랙펄 상단 때문에 불가능하네. 그냥 선물이지, 어려울 때 도와준 동맹을 위한."

그 도움이란 바로 온 클랜으로 하여금 의뢰를 받도록 해주는 것이라는 얘기다.

'그건 그렇고 어떤 아이템일까?'

정보 던전의 3층과 관련된 의뢰에 대해서 어느 정도 마음에 결정을 내린 가온은 고대 유물이라는 말에 잠깐 호기심이 동했다.

"라티르 왕국에서는 어떤 유물들을 내걸었습니까?"

"하나는 잘 모르겠지만 하나는 확실히 아네. 디우네루스, 일명, 신의 활이라고 하는 활이라네. 초심자라도 명궁으로 만들어 주어 2천 보 내의 목표를 실패하지 않고 적중시킬 수 있다고 들었네."

2천 보면 대략 1.5킬로미터에 해당하는데 사거리가 그 정도로 길다니 믿기가 힘들었다.

사실 언젠가 활에 대한 정보를 찾아본 적이 있었는데 보통 활의 유효사거리는 대략 300미터 이내다.

고려와 조선시대에 유명했던 편전의 경우, 기록에는 1천 보까지 날아갔다고 하지만 유효사거리는 최대 500미터를 넘지 않는다고 했다.

그런 사실을 생각하면 디우스네루스가 얼마나 대단한 활인지 대충 짐작할 수 있었다.

"오우거의 힘줄이 주재료인 시위를 당기려면 힘이 초인의 범주에 들어야 한다는 제약도 있지만, 디우네루스에는 한 가지 놀라운 기능이 있네. 그건 소드마스터급 궁사의 경우 화살이 필요하지 않다는 것이지."

"네?"

그럼 소드마스터 전용 활이라는 얘기인가?

"궁사의 마나을 끌어내어 오러애로를 만든다고 하네. 그래서 소드마스터급의 마나를 보유해야만 되어야 제대로 활용할 수 있다는 말을 들었네."

소드마스터의 경우 다른 경지와 달리 입문 단계를 초급, 실력자 단계를 중급, 완숙자 단계를 상급이라고 분류하고 그 위에 최상급이라는 단계가 하나 더 존재했다.

역사적으로 대륙 전체를 대상으로 하면 소드마스터의 숫자는 적은 편이 아니다. 보통 왕국의 경우에도 십여 명은 되니 말이다.

"정말 대단한 아이템이군요."

"사실이라면 그렇겠지만 소문만 무성할 뿐 실제로 사용한 이는 없다고 들었네."

"소문으로 그칠 가능성이 높은 겁니까?"

가온은 라헨드라의 설명을 들으면 들을수록 욕심이 났다.

"그것보다는 라티르 왕국에서는 오우거에 비견되는 괴력을 가진 소드마스터가 나타나지 않았다고 봐야겠지. 뭐 다른 나라들도 마찬가지지만. 그래서 왕실 창고에 방치되어 왔던 것이네."

무슨 말인지 알 것 같았다.

이곳 탄 차원은 피스트 마스터가 존재하지 않는다. 즉, 무기 없이 소드마스터에 오른 초인은 없다는 말이다.

더구나 활은 그 어떤 무기보다 오랜 숙련이 필요한 무기였다. 석궁과는 차원이 다르다.

탄 대륙은 다양한 무기술이 발달했지만 궁술은 예외였다. 조금만 훈련을 받아도 사용할 수 있는 쇠뇌, 즉 석궁이 이미 오래전에 개발되어 있었기 때문에 숙련에 오랜 시간이 걸리는 궁술을 익히는 이는 별로 없었다.

그래서 가온도 궁술은 제대로 익히지 못해 스톤의 지도를 차일피일 미루고 있었다.

'이 기회에 궁술을 제대로 한번 익혀 볼까?'

디우네루스라는 고대 유물만 얻는다면 그럴 의도는 있었다.

곰곰이 생각해 보니 가능성이 아예 없는 것은 아니다. 무엇보다 투명 날개를 사용한 지가 꽤 오래되었기에 비행은 자신이 있었다.

'관건은 어떻게 추위를 극복할지와 비행 속도가 되겠네.'

"디우네루스를 먼저 주지는 않겠지요?"

"그거야 알 수 없지. 그래도 온 클랜이 의뢰를 수락한다면 선금 대신 디우네루스를 지급하는 쪽으로 만들 수는 있을 것 같네."

아그레시아의 세 왕자는 골드와 함께 의뢰를 완수하는 데 필요할 것으로 생각되는 고대 유물들을 선지급한 사례가 있었던 만큼 가능성이 없지는 않았다.

가온이 의뢰에 고심하자 라헨드라는 조용히 차를 마시며 생각할 시간을 주었다.

'부디 의뢰를 수락해 주길.'

점보 던전에 들어갈 때만 해도 예상하지 않았던 왕국의 정예를 꽤 잃은 아그레시아 왕국으로서는 이번 의뢰를 중개하면서 얻을 수 있는 이익이 무척 중요했다.

가온의 고민은 다른 것이 아니었다.

'둘 다 할까?'

사실 5층의 보스인 워베어를 사냥하는 것은 자신이 있었다. 부가 조건인 변종 워베어 300마리 이상을 사냥하는 것도 대원들의 기량이나 엘프의 도움을 받으면 별로 어렵지 않았다.

문제는 3층이다. 비행 아이템도 있고 공중에서도 위력적인 마나탄 스킬도 있지만 극한의 추위가 문제였다.

지금 3층을 공략하고 있는 라티르 왕국의 정예들처럼 보온력이 높은 옷을 겹겹이 껴입으면 추위를 어느 정도 극복할 수 있지만, 그렇게 되면 움직임이 둔해져서 제대로 사냥하기가 힘들다.

게다가 화이트그리핀을 효율적으로 사냥하려면 어쩔 수 없이 비행을 해야 하는데, 공중은 지상보다 훨씬 더 춥고 기류도 강할 것이다.

　그런 악조건 속에서 화이트그리핀 100마리를 사냥해야만 한다.

　물론 방법이 없는 것은 아니다. 얼마 전부터 무기로 사용하기로 했던 파르를 다시 피부에 부착하는 피막형 방어구로 변환시키면 추위는 어느 정도 해결이 된다.

　'그렇게 되면 나 혼자 사냥을 도맡아야 하는데 과연 가능할까?'

　가능 여부를 떠나서 굳이 그러고 싶지 않았다.

　대원들이 정보 던전에 들어가고 싶어 하는 이유는 실전 때문이다. 수련이나 대련을 통해서는 실력을 빠르게 높일 수 없기 때문이다.

　3층에 대한 의뢰는 그런 점에서 대원들에게 별 도움이 되지 않았다.

　그때 차를 모두 마신 라헨드라가 한마디를 더했다.

　"만약 온 대장이 두 의뢰를 모두 받아들인다면 기존의 포상에 더해서 왕실 수장고에서 보물 한 점을 더 가지고 나갈 수 있게 해 주시겠다고 말씀하셨네."

　그렇다면 왕실의 포상은 돈이 아니라 보물이었다.

　"어떤 보물이라도 말입니까?"

"그렇다네."

아무리 아그레시아가 왕국이라고 해도 왕실이 오랫동안 모아 온 보물을 무려 두 점이나 내놓는 것은 쉽지 않았다.

"목숨을 걸어야 하는 의뢰이니 대원들과 논의를 해 보겠습니다만, 긍정적으로 고려하겠습니다."

"알겠네. 얼마나 시간을 주면 되는가?"

"1시간만 주십시오."

"그럼 나는 이곳에서 차를 마시고 있겠네. 차는 더 있겠지?"

아무래도 백화차가 마음에 든 모양이다.

"물론입니다. 그리고 이건 따로 준비한 것이니 받아 주십시오."

가온은 바로 아공간 주머니에서 스무 번 탈 수 있는 양의 백화차를 포장해 놓은 것을 꺼냈다.

"허엇! 내심 부탁을 하고 싶었는데 고맙네."

라헨드라는 백화차 선물에 크게 만족했다.

가온은 바로 대원들을 한곳에 모이게 했다. 그리고 라헨드라에 들은 얘기를 해 주었다.

"다들 어떻게 생각하는지 자유롭게 의견을 내 보세요."

가장 먼저 손을 든 사람은 매디였다.

"상대가 2급 기사급에 해당하는 전투력을 발휘하는 워베어이기는 하지만 비슷한 체구와 공격력을 가진 후와나 마핀을 사냥해 본 경험이 있으니 적어도 5층은 괜찮을 것 같아요."

"저도 같은 생각이에요. 그리고 워베어라면 우리의 실전 능력을 높여 주는 데 좋은 상대가 될 것 같아요. 대신 3층은 자연적인 조건이 너무 안 좋아요."

매디의 의견에 세르나가 바로 동의했다.

라헨드라의 정보에 의하면 5층의 변종 워베어는 검기 완숙자는 되어야만 단독으로 사냥을 할 수 있다고 했다.

그러니 이제 막 검기에 입문한 퍼슨이나 패터 그리고 스톤과 랄프와 같은 이들에게는 어렵긴 했지만 성장을 위해서는 아주 좋은 사냥감이었다.

게다가 워베어 준보스들의 경우 거대한 몸집과 달리 민첩한 데다가 오러 블레이드에 근접하는 오러 네일을 사용한다고 했으니, 검기 완숙자들은 물론 이제 막 소드마스터가 된 고문들에게도 좋은 상대가 될 것이다.

당연히 다들 자신이 있는 얼굴이었지만 나디아가 자신의 의견을 밝히자 분위기가 다시 가라앉았다.

"문제는 시간이에요. 보름 안에 보스는 물론이고 준보스를 포함한 워베어 300마리를 사냥하는 조건을 과연 우리가 달성할 수 있을까요?"

드베인 왕국은 보름 안에 의뢰를 완수해 주길 바랐다. 토벌 진척도는 높았지만, 그동안 많은 정예가 죽거나 다쳐서 더 이상 전력이 약화되면 왕국의 존립에도 문제가 있다고 했다.

점보 던전의 5층은 끝이 보이지 않는 광활한 숲이라고 했다. 그런 수림지대에서 독립 혹은 가족 단위로 생활을 하는 워베어를 사냥하는 것은 쉬운 일이 아니다.

먼저 놈들을 찾아내는 데만 해도 꽤 오랜 시간이 걸릴 것이다. 거기에 이동에 걸리는 시간을 생각하면 결코 쉬운 의뢰는 아니었다.

"샤나."

가온이 갑자기 샤나를 부르자 그녀가 의아한 얼굴로 대답했다.

"중급 정령과 계약을 했다고 했는데, 어떤 속성이지?"

"바람인데요."

"그럼 됐네. 세르나와 샤나 그리고 로테가 각각 바람의 정령을 소환해서 워베어를 찾고, 나머지 대원이 목표를 사냥하면 기한은 충분히 맞출 수 있어."

세 조로 나누어서 사냥을 하자는 말인데 이미 경험이 있는 만큼 다들 익숙했다.

"그리고 따로 생각하고 있는 방안도 있으니까 기한은 그렇게 신경 쓰지 않아도 될 거야."

"보스는 어떻게 하시려고요?"

"그때만 함께 움직이면 될 것 같아. 워베어 보스가 자이언트 웜 보스나 마핀 보스보다 강하지는 않겠지."

가온의 대답에 다들 아무 이의도 제기하지 않았다. 적어도 그가 자이언트 웜 보스를 사냥하는 모습은 다들 지켜봤기 때문이다.

"그럼 드베인 왕국의 의뢰는 받아들이는 것으로 하지."

"알겠습니다!"

대원들의 의견이 일치된 것을 확인한 가온은 로에니에게 아공간 주머니 하나를 주었다.

"이게 뭔가요?"

"라헨드라 대마법사님이 선물로 챙겨 오신 매직 스크롤이라니까 잘 분배해 줘."

아까 나크 훈이 받은 것과는 별도의 선물로 수량은 적지만 위력적인 스크롤이었다.

"백화차라도 챙겨 드려야겠네요."

의뢰를 위한 준비물 중 가장 고가인 스크롤이 들어오자 로에니의 얼굴이 환해졌다.

클랜 자금이 아무리 넉넉해도 이런 선물을 받는 것은 즐거울 수밖에 없었다.

"그런데 보상은 어떤 수준이에요?"

바로가 눈을 빛내며 물었다.

그러고 보니 의뢰 내용과 던전 상황에 대한 얘기만 해 주었지 그것을 언급하지 않았다.

"두 의뢰 모두 200만 골드를 제시했고 드베인은 고대 유물 1점, 라티르는 2개를 걸었어. 라티르 왕국은 왕실 공방에서 제작한 방한복 30세트를 지급하겠다고 하더군. 방한복의 경우 거동이 평소의 2할 정도 둔해질 수 있지만, 한기의 침입은 전혀 우려하지 않아도 된다고 하더라고."

"어마어마하군요."

유물도 유물이지만 200만 골드라는 천문학적인 의뢰금에 반 홀랜드 등 특급 용병으로 활약했던 대원들도 눈이 커졌다.

"그래도 3층은 우리 전력으로 무리일 것 같네요."

나디아의 말에 다른 대원들이 모두 고개를 끄덕였다. 추위도 추위지만, 조금도 아니고 평소보다 2할이나 몸놀림이 둔해진다면 제대로 능력을 발휘할 수 없었다.

"그럼 다들 5층 공략은 찬성합니까?"

아무도 반대의사를 표현하지 않아서 자연스럽게 의뢰를 받기로 했다.

"3층 말인데, 내게 생각이 하나 있습니다."

가온의 말에 대원들이 기대감이 가득한 눈길을 집중했다.

"스승님이 대원들을 이끌고 5층을 공략하는 동안 저는 따로 3층으로 들어가서 지난번에 따로 계약을 한 사령술사들과 함께 공략을 하면 어떨까 생각해 봤습니다. 그들이 제작한 언데드가 한기를 극복하지 못할 수도 있지만, 그곳의 마수나 몬스터를 언데드로 만들면 한기 문제는 해결이 될 것 같더군요. 또한 제 경우에는 한기의 영향을 전혀 받지 않을 방법이 있습니다."

"그럼 온 대장 혼자 3층을 공략할 생각인가?"

나크 훈이 걱정이 가득한 얼굴로 물었다.

"일단 시도해 볼 여지는 있으니까요. 그래서 3층의 경우 들어가 보고 불가능하다고 판단되면 바로 나오고, 가능하다고 생각이 되더라도 선금 없이 아예 의뢰를 완수한 후에 보상을 받는 것으로 얘기를 해 보려고 합니다."

"뭐 그 정도라면……."

그제야 나크 훈이나 다른 대원들이 마음을 놓았다. 그 정도라면 크게 위험하지 않을 것이다.

"3층 공략의 보상에 포함된 유물이 어떤 것인지 대장님은 아십니까?"

마침 스톤이 물었다.

"두 개 중 하나는 디우스네루스라고 합니다."

"……혹시 신의 활입니까?"

달리 궁사가 아닌지 다른 사람들보다 일찍 반응하는 스톤이다.

"맞습니다. 제대로 사용하려면 오우거의 근력을 가진 소드마스터는 되어야 한다고 하더군요."

가온의 말에 스톤은 아쉬운 표정을 감추지 못했지만 이내 뭔가를 생각하는지 입술을 굳게 다물고 눈을 빛냈다.

　'스톤에게는 최고의 동기부여가 되겠지.'

　스톤으로서는 기대할 수밖에 없었다.

　온 클랜에 궁사라고는 로테와 그밖에 없다. 대장인 가온도 궁술을 잘 사용하지 않기 때문에 그가 자격만 갖춘다면 디우스네루스의 주인이 될 수도 있는 것이다.

왕실 수장고

　"정말 고맙네. 그런데 내가 생각해도 시한이 많이 촉박한데 가능하겠나?"

　가온의 결정을 들은 라헨드라는 기쁘면서도 좀 불안한 얼굴로 물었다.

　사실 1왕자는 시한 때문에 온 클랜이 두 의뢰 중 하나만 받아들일 것으로 생각했고, 가능하면 라티르 왕국 건을 맡도록 설득하기 위해서 라헨드라를 보낸 것이다.

　"5층은 어느 정도 자신이 있는데, 3층은 방금 전 말씀드린 대로 사령술사들의 능력이 관건이라서 미리 확인을 해 봐야 알 것 같습니다."

　"흠. 사령술사들이 그곳에 직접 언데드를 제작해서 활용할 수 있다면 공략 가능성이 크게 올라가긴 하겠군. 비행이 가능한 온 대장에게는 무엇보다도 한기를 극복하는 것이 관건이니까. 그렇게 추진해 보자고."

놀라운 능력을 가진 사령술사들을 떠올린 라헨드라의 얼굴이 비로소 풀어졌다.

라헨드라는 온의 발상이 기발하다고 생각했다.

'그곳에 서식하는 마수와 몬스터를 언데드로 만들어서 활용할 생각을 하다니.'

자신이 생각하기에도 충분히 가능한 계획이었다. 과연 그게 통하는지 일단 시험해 볼 여지는 충분했다.

"그럼 5층 공략에서 온 대장은 빠지는 건가?"

"만약 생각한 대로 언데드가 쓸 만하다면 3층 건을 최대한 빨리 완수하고 5층에 합류할 생각입니다. 아니라면 더 빨리 합류할 테고요."

"알겠네. 온 대장을 제외하고도 소드마스터만 여섯 명이니 가능하겠지. 그럼 바로 왕궁으로 돌아가서 이 소식을 전하도록 하겠네. 아! 자네도 같이 가세. 왕실의 포상은 받아야지."

"그럼 그렇게 하겠습니다."

"이걸 먼저 받게나."

라헨드라가 내민 것은 손바닥 크기의 금속판이었다.

"이건?"

"마탑 연합에 가입된 마탑에서 판매하는 물품을 대상으로 3할의 가격 할인을 받을 수 있는 패일세. 마탑 연합에서 발행하는 것으로 보통 한 왕국에 다섯 개가 지급되네."

이런 물건이 존재하고 있을 줄은 몰랐지만 대단한 활용 가치를 가진 물건이었다.

"받아도 될지 모르겠습니다."

"본래 이것의 주인이신 1왕자 전하께서 포상과 별개로 그대에게 선물하는 것이네."

1왕자 입장에서는 이번 점보 던전의 클리어로 불안하던 자신의 위치를 단단하게 다졌기 때문에 이런 귀한 패까지 선물하는 것이다.

이런 상황이면 보통 한두 번 사양하던 가온이지만 이번에는 달랐다.

"감사히 잘 받겠습니다."

어쨌거나 자신과 온 클랜의 역량으로 이룬 성과를 통해서 얻은 것이니 꼭 챙겨야만 했다.

가온은 라헨드라 일행과 함께 호화로운 마차를 타고 왕실로 향했다. 왕실의 주요 인사라서 그런지 2급 기사 여섯 명의 호위까지 받으면서 말이다.

그런데 마차는 왕궁 입구에서 잠깐 멈추었지만 라헨드라의 제자들만 내려 주고 다시 안으로 이동했다.

"어디로 가는 겁니까?"

"왕실 보물 창고로 가네."

"이렇게요?"

어디선가 왕궁 안에서는 마차를 탈 수 없다고 들었기에 물은 것이다.

"자네와 같은 특수한 경우에는 마차를 타고 이동하는 것이 보안에서는 오히려 더 안전하네. 왕궁에 들어온 순간부터 왕실 비밀 기사들이 마차를 에워싸고 있네."

생각보다 보안 수준이 높았다. 나중에 알았지만 건국 초기부터 꽤 많은 암살 시도가 있어서 이렇게 되었다고 했다.

"원래 1왕자 전하께서 자네를 만나려고 했는데 워낙 일이 많아서 일정을 맞추실 수가 없어 본래 거쳐야 할 절차를 생략하고 바로 포상품을 수령하는 것으로 결정했네."

곧 국왕이 될 1왕자이니 당연히 바쁠 것이다.

'굳이 격식을 차리는 만남을 가지지 않아도 되니 나야 편하지.'

남들은 왕궁 구경을 할 수 있는 절호의 기회를 놓쳤다고 아쉬워하겠지만 가온은 오히려 마음이 더 편해졌다.

마차에서 내린 가온은 안대로 눈을 가린 상태로 이름 모를 기사의 손에 이끌려 한 건물로 들어갔다. 그리고 어떤 문 안으로 들어가서 다시 긴 계단을 내려가야만 했다.

"이제 안대를 벗어도 됩니다."

굵은 중저음이 들려오자 안대를 벗은 가온은 순간적으로 다시 눈을 감았다. 너무 밝았기 때문이다.

다시 눈을 뜬 가온은 수많은 아이템들이 뿜어내는 마나 파장에 다시 한번 놀랐다.

그때 뒤에서 중후한 목소리가 다시 들렸다.

"이곳에 있는 모든 물건 중 두 개를 가져갈 수 있습니다. 물품 앞에는 간략한 설명이 있으니 참고하십시오. 나는 이곳에서 기다리겠습니다."

돌아보니 플레이트 아머에 투구까지 갖춰 입은 기사가 서 있었는데 투구로 인해서 코와 입매만 간신히 보였다.

'1급 기사로군.'

기세를 갈무리하는 것으로 봐서는 소드마스터 초급으로 보였다.

"시간제한은 없으니 천천히 살펴보십시오."

실력도 그렇고 목소리로 보아 나크 훈과 비슷하거나 더 나이가 많아서 고위급 기사로 보였는데, 의외로 태도가 아주 장중했다.

"감사합니다."

굳이 통성명까지 할 필요는 없어 간단하게 감사 인사를 한 후 실내를 둘러보았다.

눈에 들어온 공간의 크기는 대략 200평 정도 되었다.

문이 있는 벽을 제외한 삼면 벽에는 폭이 1미터 정도 되는 긴 선반이 사람 가슴 높이에 부착되어 있었고, 그 위에는 일정한 간격마다 아이템들이 놓여 있었다. 그리고 중앙에도 긴탁자가 놓여 있고 그 위에 아이템들이 전시되어 있었다.

'보물 수장고가 맞네.'

급할 것이 없기에 가온은 왼쪽부터 천천히 걸으면서 선반위에 전시된 아이템들을 살펴보기 시작했다.

아이템의 외형과 설명서를 참고하면서 한 바퀴 둘러보는 것만으로도 거의 1시간이 지났는데, 이곳을 지키는 기사는 그러는 동안에도 문 앞에서 꼼짝도 하지 않고 서 있었다.

중앙의 테이블에 놓인 아이템까지 모두 확인한 가온은 잠깐 발을 멈추었다.

'어때?'

벼리에게 물어보는 것이다. 그가 눈으로 아이템을 감상할 때 그녀는 아이템이 방출하는 파장을 통해서 더 자세히 살펴보고 있었다.

─아이템들은 절반 정도는 외국에서 선물했거나 영주나 귀족 들이 국왕에게 진상한 것으로 보여요.

'그럼 나머지는 유물이야?'

─모두 그런 건 아니에요. 드워프의 피가 섞인 장인이 제작한 예술품이나 마탑에서 공들여서 만든 마도구 들이 절반정도 되니까요.

'아무튼 나한테 도움이 될 수 있는 아이템은 몇 개나 되

지?'

예술품이나 마도구는 별로 필요가 없었다.

－총 다섯 개예요. 세 개는 유물이고 하나는 마도구 그리고 다른 하나는 영약이에요.

그럼 다섯 개 중에서 선택을 해야 했다.

'영약은 어떤 효과를 가지고 있지?'

－현재 오빠의 몸 상태를 고려하면 스텟과 마나의 총량을 대략 3% 정도 높여 줄 수 있어요.

'그건 제외해.'

다른 이들에게는 하늘이 내린 영약이겠지만 가온에게는 아니다.

－마도구는 2시간에 한 번씩 5서클 마법 다섯 가지를 사용할 수 있으며, 위험을 감지하는 순간 배리어를 펼칠 수 있는 기능을 가지고 있어요.

'그것도 제외해.'

자신이 순수한 검사라면 꼭 필요한 마도구지만 벼리가 함께하고 있어서 큰 효용 가치는 없었다.

실드보다 방호력이 강력한 배리어 마법을 위험을 감지한 순간 펼칠 수 있다는 건 좀 끌렸지만 두 방호구와 파르까지 있으니 꼭 필요한 것은 아니다.

－고대 유물 중 팔찌는 육감을 다섯 배 이상 강화시켜 주는 기능이 있어요.

설명은 간단했지만 가온은 처음으로 마음이 동했다.

생각보다 괜찮은 유물이다. 육감, 특히 위험을 감지할 수 있다면 전투 상황은 물론이고 평소에도 요긴할 것이다.

'다른 두 개는?'

─하나는 에고 아이템이에요.

'에고 아이템?'

─네. 전설 등급까지 성장할 수 있는 잠재력까지 가지고 있는 골렘이에요.

'골렘이라고?'

탄 차원의 마법은 독자적으로 발전한 것이 아니라 고대 문명의 유산이다. 마법을 현 문명의 누군가가 창시한 것이 아니라 고대 유물을 통해서 습득했다는 말이다.

그런 유산은 마법만이 아니다. 골렘도 있었다. 물론 골렘 제작술이 전혀 전해지지 않아서 지금은 석상이나 금속상에 불과하지만 말이다.

─네. 제가 한 번도 들어 보지 못한 성분의 금속으로 제작되었는데, 골렘은 펜던트와 연결된 특수한 아공간 안에 보관되어 있어요.

'소환하는 방법은?'

─이제부터 연구해 봐야 할 것 같아요.

좋아! 하나는 확정이다.

'다른 하나는 뭐지?'

-이건 좀 놀라워요.

전해지는 의념만으로도 벼리가 얼마나 흥분하고 놀라워하는지 알 수 있을 정도였다.

'뭔데 그래?'

-현재 지구에서 집중적으로 개발하고 나노봇인데 탄 차원의 고대 문명이 이렇게 미세한 크기의 나노봇을 만들 정도인지는 몰랐네요.

'나노봇?'

-밀리미터 이하의 크기를 가진 로봇을 나노봇이라고 불러요. 원래 치료나 검사 등 의료용으로 개발하기 시작했는데 한국에서 세계 최초로 혈관 이동 로봇을 만들었고 매년 빠르게 발전하고 있는 분야지요.

'나노면 10억분의 1미터 아닌가?'

-맞아요. 하지만 그 정도는 아직 지구 문명으로는 갈 길이 멀어요. 이제 겨우 밀리미터 단위의 로봇이 상용화된 상태이거든요.

자동주행 자동차와 인간을 능가하는 인공지능까지 만들어 낸 현재 지구의 문명도 개념 정도만 잡고 있을 뿐 아직 본격적인 개발을 시도하지도 못한 나노봇이라니.

'크기가 얼마나 작은데?'

-원자와 비슷해요.

과학 문명이 아니라 마법 문명인 탄 차원에서 원자 크기의 나노봇이라니 너무 황당했다.

'어느 거지?'

—중앙 벽 네 번째에 있어요.

그쪽으로 가서 확인해 보니 고양이 눈 크기의 은회색 구슬
이 놓여 있었는데 설명은 간단했지만 내용은 엄청났다.

　　마르노렌 구슬

　　등급 : 미상

　　상세 : 미상

　　용도 : 미상

　　특기 사항 : 고대 문명에 앞서 번성했던 것으로 추정되는
신비한 문명의 유적지인 마르노렌에서 7서클 마법서, 마도구
를 포함한 12개의 고대 유물과 함께 발견된 것이라 진귀한
유물로 보여 50년에 걸쳐 연구를 했지만 아무것도 확인되지
않음.

한마디로 함께 발견된 유물들이 워낙 대단해서 연구를 해
봤지만 알아낸 것은 하나도 없다는 얘기였다.

'이 구슬이 나노봇으로 만들어진 거라면 대체 숫자가 얼마
나 되는 거야?'

—나노봇의 크기가 일정한 것이 아니라서 확실한 것은 아
니지만 대략 8천해 개 정도 되요.

입이 떡 벌어졌다.

'해'라니! 언젠가 들어 본 수의 단위이기는 했지만 사고의 범위를 넘어서는 단어였다.

'해라면 조, 억, 경, 해의 해가 맞아?'

—네. 해는 10의 20제곱이에요.

그럼 적어도 10의 23제곱 개라는 말이다.

'무슨 역할을 하는 걸까?'

—그건 저도 모르겠어요.

벼리가 그것까지 알 리가 없었다. 이 구슬이 초미세 나노봇이 모여서 만들어졌다는 것을 알아낸 것만 해도 대단했다.

'좋아! 골렘과 나노봇을 선택하자.'

—둘 다 당장은 사용할 수 없는데, 괜찮겠어요?

'괜찮아. 대신 네가 좀 연구를 해 줘.'

—알겠어요. 고대 도서관 유적에서 오빠가 암기해 두었던 책들 중에 두 아이템과 관련이 있는 책이 몇 권 있으니 도움이 될 거예요.

'연구에 진척이 없어도 상관이 없으니 너무 몰두는 하지 마.'

어차피 왕실의 보물이라고 해 봐야 갓상점에서 얼마든지 구할 수 있는 아이템이고 딱히 관심을 끄는 것도 없으니 좋은 구경을 했다고 생각하면 된다.

보물 수장고를 지키던 기사는 가온의 선택이 믿기지 않는지 몇 번이나 확인하고서야 아이템들을 내주었다.

'마음에 드는 것이 없는 모양이군.'

그로서는 그렇게 생각할 수밖에 없었다.

이 수장고에는 실제로 사용할 수 있는 유물 아이템과 감상만 하는 유물이 있는데, 가온이 선택한 두 가지 물건은 후자였다.

전자의 경우 기사라면 누구나 탐낼 보물이지만 일정 경지를 넘어선 이들에게는 큰 가치가 없었다.

듣기로 상대는 자신이 한 번도 들어 본 적이 없는 비행 아이템까지 가지고 있다고 했다. 그러니 왕실의 두 번째 수장고의 보물이 눈에 찰 리가 없었다.

'저 나이에 소드마스터라면 어떻게든 엮어야 할 인물인데 1왕자의 배포가 너무 작아. 이왕 줄 거면 첫 번째 수장고의 보물을 주어야 상대가 고마워할 텐데…….'

세상에는 드러나지 않은 왕실 기사단의 단장인 시트로델은 좀 안타까웠다.

수장고를 나온 가온은 들어올 때와 마찬가지로 안대를 차고 다시 마차에 탔다.

왕궁 밖으로 나가는 건가 싶었는데 도착한 곳은 왕궁 한편에 있는 거대한 흰색 건물 앞이었다.

"여기가 왕실 마탑일세."

마중을 나온 라헨드라가 말해 주지 않았더라면 왕실 도서관으로 알았을 것이다. 뭔가 공부를 해야 할 것 같은 느낌이 드는 건물이었다.

"역시 탑이 없군요."

"허헛! 대신 아래쪽으로 탑을 세우기로 하고 지금 5층까지 건설했네."

위로 탑을 세우지 못하니 거꾸로 할 모양이다.

"혹시 구경하고 싶은 곳이라도 있나?"

"몇 곳이 있긴 한데 나중에 기회가 닿으면 구경하겠습니다."

생각 같아서는 마탑 도서관이나 매직 스크롤과 같은 아이템을 만들어 내는 공방을 방문하고 싶은데 그럴 여유가 없었다.

"내일 당장 움직여야 하니 나중에 따로 시간을 내도록 하게."

그렇게 얘기를 하면서 기사 두 명과 마법사 두 명이 지키고 있는 입구를 통과하니 건물 내 어디로든 이동할 수 있는 간이 이동 마법진이 설치된 곳이 보였다.

"일단 내 방으로 가서 얘기하도록 하지."

이동 마법진을 통해서 라헨드라의 방으로 이동한 가온은 왕실 사람들만 즐길 수 있다는 녹설차를 대접받았다.

"생각보다 일찍 나왔던데 좋은 물건들을 골랐나?"

"딱히 눈에 띄는 것이 없어서 설명이 없거나 부실한 두 가지 물건을 골랐습니다."

가온의 말에 라헨드라는 예상했다는 얼굴로 고개를 끄덕였다.

"하긴. 그곳에는 비행 아이템까지 가진 자네를 만족시켜 줄 보물은 없을 거야. 제2수장고거든. 원래 1왕자 전하께서는 제1수장고의 물건을 주고 싶어 하셨는데, 아직 왕좌에 오르신 것이 아니라서 허락을 할 수가 없었네."

그런 사정이 있을 줄은 몰랐지만 나름 괜찮은 아이템들을 챙긴 터라 서운하지는 않았다.

"괜찮습니다. 그나저나 라티르 왕국 측은 어떻게 나왔습니까?"

"적극적으로 의뢰를 받아들이지 않는 것이 못마땅한 것 같지만 그들로서는 어쩔 수 없지. 누군들 그런 곳에 들어가서 공략을 하고 싶겠는가."

그러면서 라헨드라는 다른 층과 달리 3층의 경우 용병이나 이계인들이 거의 들어가지 않았다는 사실을 얘기해 주었다.

그도 그럴 것이 탄 차원은 지구와 달리 추위가 극심한 지역에는 아예 인간이 거주하지 않는다고 했다.

그런 곳에는 추위에 적응한 동물과 마수 그리고 몬스터밖에 없었다.

그나마 라티르 왕국의 경우 고산지대에 위치해 있지만 워낙 광물 자원이 풍부해서 사람들이 사는 것이라고 했다.

"그래도 선금은 받지 않고 대장이 직접 들어가겠다는 말은 마음에 들었는지 방한복 30세트는 보내 주었네. 여기 들어 있네."

계약서에 사인을 하자 라헨드라가 내민 아공간 주머니는 하나가 아니라 두 개였다.

"이건 드베인 왕국 측의 선금입니까?"

"맞네. 온 클랜에 대장을 제외하고도 소드마스터가 여섯 명이나 된다는 정보를 입수해서 그런지 굳이 선금 100만 골드를 보내왔네."

그만큼 기대를 하는 것이리라.

"제대로 수령했습니다."

가온은 차라리 골드 대신 고대 유물을 보내왔으면 하는 생각을 하면서 수령서에 사인을 했다.

'최대한 서둘러야겠네.'

두 의뢰를 수행하려면 바쁘게 움직여야 할 테니 궁술을 배울 시간이 날지 모르겠다.

⁂

여관에 돌아온 가온은 대원들에게 왕궁에 다녀온 일을 설명하기도 전에 의외의 손님을 맞이해야만 했다.

손님은 반 홀랜드 고문과 얘기를 하고 있었는데 그를 보더니 성큼성큼 걸어와서 자신을 소개했다.

"용병 길드 아그레시아 본부 길드장, 아탐입니다."

검은 콧수염과 사자 머리, 부리부리한 눈 그리고 전신에서 방출되는 묵직하고 무거운 기세가 아주 인상적이었다.

"여긴 어쩐 일로……?"

가온은 용병 길드의 방문이 그리 반갑지 않았다. 레폰이라는 인물의 무례 때문이었다.

"제 부하의 무례를 사과하러 왔습니다. 제대로 알아보지도 않고 온 클랜을 우리 길드 산하의 용병대로 여기고 무례를 범했더군요."

"제가 무례했습니다. 온 클랜의 능력이라면 의뢰를 통해서 저희 길드의 위상은 물론 무시받는 용병들의 위상까지 올릴 수 있다고 생각해서 실수를 했습니다. 부디 용서하십시오."

아탐 길드장만 온 것이 아니었다. 수행원 중에는 이전에 방문했던 레폰도 있었는데, 그가 넙죽 엎드리더니 용서를 빌었다.

가온이 잠시 망설이는 사이에 반 홀랜드가 다가와 속삭였다.

"아탐 길드장이 직접 움직이는 경우는 거의 없습니다."

그만큼 용병 길드에서도 성의를 보인다는 뜻일 것이다.

"진심인 것 같군요. 사과를 받아들이겠습니다. 일어나십시오."

그나 길드장은 세간의 시선을 의식할 수밖에 없는 자리에 앉아 있음에도 이렇게 사과를 해 온 것이니 진심 여부를 떠나 용서를 해야만 했다.

"감사합니다!"

레폰은 팔꿈치와 무릎에 묻은 흙도 털지 않고 기쁜 얼굴로 말했다.

"이건 중상급 포션입니다. 사과의 의미입니다. 부디 받아주십시오."

받아 보니 수량이 무려 50개나 되었다. 마수와 몬스터 창궐 이후 재료 문제로 새로 조제되는 물량이 많지 않아서 가격이 천정부지로 치솟았다는 사실을 생각하면 용병 길드에서 얼마나 큰 성의를 보이는 것인지 짐작할 수 있었다.

가온은 몇 번 거절했지만 아탐의 태도가 워낙 완강해서 할 수 없이 받을 수밖에 없었다.

덕분에 양측의 냉랭했던 분위기는 화기애애하게까지는 아니더라도 부드러워졌다.

가온은 손님들을 회의장으로 쓰고 있는 공간으로 안내했다.

손님들이 착석을 하고 얼마 후 헤븐힐 등 네 명이 차를 내왔다.

　"허니비차입니다. 마시는 것만으로 기력과 활력을 높여 주며 미약하지만 마나도 높여 줍니다."

　정확히는 백화차에 허니비를 섞은 차인데 백화차에 비해서 단맛이 강해서 보통 사람의 입맛에 더 잘 맞았다.

　"오오! 진짜 피곤이 싹 풀리는 느낌입니다!"

　"정말 마나가 늘어났어!"

　"어떻게 이런 차가!"

　다들 마나 사용자, 그것도 경지가 높은 사람들이기에 허니비차를 한 모금 마시자 그 효과를 순식간에 알아차리고 크게 감탄했다.

　가온은 열 번 정도 타 먹을 수 있는 양이 들어 있는 작은 병을 아공간 주머니에서 사람 숫자만큼 꺼내어 선물했다.

　"저와 인연이 닿은 엘프족에게 선물받은 차입니다."

　용병치고 차를 좋아하는 경우는 드물다. 차라리 싸구려 술이 낫다고 생각하는 부류이니 말이다.

　하지만 허니비차는 다르다. 수십 종의 꽃이 입안에서 피어난 것 같은 향기도 그렇지만, 꿀 특유의 질리지 않는 단맛과 더불어 순식간에 몸과 마음의 피로가 풀리고 마나까지 늘어나는 차는 맹세코 처음 맛보는 것이다.

　거기에 현실에는 더 이상 만날 수 없는 전설적인 존재인

엘프족이 생산한 차라고 하니 더욱 희귀했다.

"허어, 이런 귀한 차를! 감사합니다!"

용병 길드에서 중상급 포션을 선물하지 않았다면 가온이 이것까지 내놓지는 않았을 것이다. 이 허니비차는 차를 즐기지 않는 대원들을 위해서 가온이 녹스에게 부탁해서 불과 하루 전에 만들어 낸 것이다.

심지어 자신에게는 큰 도움을 준 라헨드라 대마법사에게도 선물하지 않았다. 물론 당시에는 잊고 있어서지만 말이다.

허니비차 덕분에 분위기가 훨씬 더 부드러워졌다.

눈치를 보던 가온이 본론을 꺼냈다.

"그런데 단순히 사과를 하러 길드장님과 이 많은 분들이 찾아오신 것 같지는 않습니다만."

"사과하는 것이 목적인 것은 확실합니다. 다만 가능하면 한 가지 부탁을 드리려고 합니다."

자리를 깔아 주자 아탐이 비로소 말을 꺼냈다.

"톨람 왕국 측의 의뢰인가요?"

"그렇습니다. 어제까지만 해도 가능하면 의뢰를 수락하게 해 달라고 했던 톨람 왕국 측에서 아주 적극적으로 나오고 있습니다. 총본부에 어떻게 로비를 했는지 모르겠지만 총길드장도 세 번이나 연락을 해 왔습니다."

아마 레폰이나 정보 길드 측으로부터 온 클랜에 소드마스터가 최소 여섯 명 이상이라는 사실을 확인하고 태도가 바뀌었을 것이다.

"보상 수준도 크게 올라갔습니다. 100만 골드에 더해서 고대 유물 두 점을 지급하겠다고 합니다."

남들이 들으면 입이 떡 벌어질 금액이지만 듣는 가온의 태도는 여전히 담담하기만 했다.

"어떻습니까? 다시 한번 생각해 보심이……."

"안타깝게도 늦었습니다. 아까 왕궁에 다녀왔습니다."

"설마 다른 의뢰를 받으신 겁니까?"

"그렇습니다. 드베인 왕국이 공략하고 있는 5층에 들어가기로 했습니다."

굳이 3층 건까지 언급은 하지 않았다.

"이런! 하지만 보상 수준이 아예 다르니 다시 한번 고민을 해 보는 것이 어떻습니까?"

"왕실에 빚을 지운다는 것을 빼고도 보상 수준은 이쪽이 훨씬 더 높습니다. 수수료도 없고요. 무엇보다 의뢰 내용이 우리가 충분히 할 수 있는 것이라서 수락했습니다."

"아!"

아탐은 이제야 자신이 뭘 놓치고 있는지 깨달았다.

'아뿔싸! 보상이 문제였구나!'

온 클랜이 던전에서 한 의뢰는 대충 파악하고 있었다. 세 건의 의뢰에 대략 300만 골드와 고대 유물 몇 가지를 받았다고 했다.

용병 길드나 톨람 왕국 측은 이런 정보를 토대로 의뢰 보상을 정했는데, 그게 아니었다.

'몸값이 오른 것을 고려하지 못했어!'

온 클랜은 돈만 밝히는 여느 용병 단체와는 다르다.

뒤늦게 정보 길드로부터 정보를 사들여서 파악한 온 클랜은 움직이는 검술관이나 다름없었다. 게다가 소드마스터만 최소 여섯 명이나 된다.

물론 돈을 거부하지는 않을 테지만 이미 수백만 골드를 벌어들인 마당이니, 이전과 동일하거나 비슷한 수준의 보상으로는 이들의 마음을 움직일 수 없었다.

"혹시 드베인 측에서 얼마를 불렀는지 알 수 있을까요?"

칼데라트가 조심스럽게 물었다. 원래는 한구석에 조용히 앉아 있어야 할 입장이었지만 너무 궁금했다.

"200만 골드와 고대 유물 한 점입니다. 왕실에서는 고대 유물 한 점을 더 주기로 했고요."

"……."

좌중이 조용해졌다. 한 나라의 용병들을 관리하는 본부에서 한자리를 차지하고 있는 그들도 기함할 정도로 엄청난 액수였기 때문이다.

게다가 자신들은 중개 수수료를 받는데 왕실에서는 오히려 고대 유물까지 내준다니, 온 클랜이 어느 쪽 의뢰를 받아들일지는 어린아이라도 짐작할 수 있었다.

아탐은 내심 혀를 찼다.

'이러니 우리 측 얘기가 아예 씨도 먹히지 않았지.'

의뢰 내용은 알 수 없지만 비슷한 상황인 만큼 던전 공략에 핵심적인 역할을 수행해야 하는 것은 동일할 것이다.

그런데 보상에서 배 가까이 차이가 나니 온 클랜에서 받아들이지 않는 것은 당연하다.

"혹시 비슷한 수준의 보상이면 재고하실 수 있습니까?"

아탐은 사정을 전하면 톨람 왕국 측에서도 합리적인 보상을 제시할 것으로 확신했다.

"용병 길드에도 강자들이 수두룩할 텐데 왜 굳이 우리에게 목을 매는지 알 수가 없군요."

용병 길드 총본부 정도라면 소드마스터이거나 그에 근접한 S급 용병들을 얼마든지 동원할 수 있으니 가온에게는 당연한 의문이다.

다시 던전으로

　잠깐 자신이 할 말을 정리하는 듯 입을 다물고 있던 아탐이 마침내 입을 열었다.

　"아시겠지만 실력이 있는 용병들은 대부분 이미 던전에 들어가 있는 상태입니다. 그리고 우리도 그렇지만 총본부나 톨람 왕국 측에서는 귀 클랜의 무력은 물론 전술 능력을 굉장히 높이 생각하고 있습니다. 온 클랜은 그동안 단순한 무력으로는 도저히 해결할 수 없는 일들을 연이어 완수해 왔더군요."

　톨람 왕국도 아그레시아 왕국과 마찬가지로 왕국의 정예를 거의 모두 동원해서 던전을 공략해 왔지만 그런 전력으로도 던전을 클리어할 수 없기에 불가능에 가까운 의뢰를 연이어 완수한 온 클랜을 마지막으로 믿어 보는 것이다.

"부디 재고를 부탁드립니다."

"최근에 던전을 나온 용병들도 있을 테고 이계인들도 있는데, 굳이 왜 우리에게 매달리는 겁니까?"

본디 용병들은 의뢰를 받은 상태에서는 다른 의뢰를 절대로 받지 않는 것이 원칙이다, 겹치는 의뢰라면 몰라도.

그런데 그런 규범을 누구보다 철저하게 지켜야 할 사람이 이렇게 나오니 이상할 수밖에 없었다.

"일단 점보 던전에서 나온 용병들의 경우 대부분 의뢰를 거절했습니다. 그리고 저희가 온 클랜을 고집하는 이유는 말씀드리기가 어려운 점을 이해해 주십시오."

뭔가 용병 길드 총본부와 깊은 관련이 있는 이유가 있는 모양인데 발설하기가 어렵다는 얘기였다.

"아그레시아 왕실에서 중개해서 이미 의뢰를 수락했기에 재고는 어렵습니다. 드베인 왕국 건은 이미 왕실을 통해서 계약이 된 상태이고, 만약 빠른 시간에 그 의뢰를 성공한다면 라티르 왕국의 의뢰를 수행하기로 했습니다. 그 의뢰까지 성공을 해야 톨람 왕국의 의뢰를 수행할 수 있는데……."

"아! 라티르 왕국도 왕실을 통해 의뢰를 했군요. 그럼 세 번째 순서라도 잡아 주십시오!"

아탐은 이제야 확신할 수 있었다. 두 왕국에서 파격적인 보상을 거는 것은 물론이고, 아그레시아 왕국에 빚을 지는 것을 감수하고도 의뢰를 할 정도로 온 클랜의 능력을 굳게 믿고 있다는 사실을 말이다.

'어쩌면 정보 길드에서 온 클랜의 활약에 대한 잘못된 정보를 일부러 우리에게 넘겼을지도 모르겠군. 그래서 총본부에서 반드시 온 클랜에 의뢰를 하라고 한 것이고.'

정보 길드에서 고가로 받아 온 정보는 완전히 틀렸다. 온 대장 정도만 소드마스터일 거라고 했는데, 여섯 명의 고문 모두가 소드마스터인 것이다.

그것 때문에 처음부터 헛발질을 했다.

온 클랜이 의뢰를 수락하든 말든 큰 상관이 없는 정보 길드와 달리 용병 길드는 이 의뢰를 무조건 성사시켜야만 했는데 말이다.

'다른 숨겨진 이유가 있다면 모르겠지만 만약 정보 길드가 그렇게 판단했었다면 능력이 떨어진 거야.'

정보 길드는 최근 몇 년 사이에 능력이 뛰어난 중진들이 모조리 숙청되는 사건이 벌어졌다. 기득권을 누리고 있던 세력이 신진 세력을 그냥 억누르는 것도 아니라 다 쳐 낸 것이다.

그 사건으로 인해서 정보 능력은 물론이고 무력까지 낮아졌다고 판단했지만, 그래도 정보 길드이기에 그 역량을 믿었건만 용병 길드 입장에서는 잘못된 정보로 인해서 너무나 중요한 이번 건을 처리하는 데 어려움을 겪고 있는 것이다.

그래도 본국은 물론 두 왕국 측에서 신뢰를 할 정도로 온 클랜이 능력이 높으니, 다음 순서라도 확답을 받아야만 했다.

다른 용병단은 믿을 수 없었다. 정보 던전에서도 크게 활약하지 못했기 때문이다.

'아직은 시간이 있어!'

정보 던전은 이곳 시간으로 1년이 지날 때까지 공략을 하지 못하면 던전 안의 마수와 몬스터 들이 밖으로 나오는, 이른바 던전 브레이크가 일어난다.

물론 그런 일이 벌어지면 해당 왕국은 무너질 수밖에 없기에 총력을 기울일 것이다.

그 대가로 왕국의 정예를 모조리 잃는 한이 있더라도 왕국이 망하는 것보다 나으니 말이다.

그래서 아탐은 가온의 결정에 긴장할 수밖에 없었다.

잠시 숙고하던 가온의 입이 마침내 열렸다.

"아탐 길드장께서 이렇게까지 말씀하시니 고민을 해 보겠습니다. 대신 보상은 제대로 받을 생각입니다."

"감사합니다. 그리고 보상은 당연히 제대로 챙기겠습니다. 그리고 이것을 받아 주십시오."

아탐이 내민 것은 황금 패였다, 한눈에도 예사롭지 않은 마법 문양이 새겨진.

"이건 뭡니까?"

"용병 길드의 은인께 드리는 패입니다. 언제 어느 곳이든 용병 길드의 지부가 있는 곳이면 현금으로 30만 골드까지, 그리고 필요한 물품들을 무상으로 빌릴 수 있으며 최우선으로 해당 지부의 최고 실력자들을 소집할 수 있는 권한이 있습니다."

"이건 좀……."

소지한다면 꽤 도움이 되긴 할 텐데 왠지 부담스러워서 거절하려고 했다.

"받아 주십시오. 저희가 착각할 정도로 세간에 잘못 알려지기는 했지만, 사람들이 용병 단체로 알고 있는 온 클랜 덕분에 우리 용병 길드의 위상이 크게 올라간 것에 대한 보상이라고 생각해 주십시오."

그 말을 듣자 마음이 변했다. 이미 나디아로부터 이런 내용의 이야기를 몇 번 들었기 때문이다.

결국 가온은 두 건의 선행 의뢰를 완수한 후라는 조건으로 세 번째 의뢰를 수락하기로 했다. 물론 선금까지는 받지 않았다.

━━◆◆◆━━

다음 날 아침, 온 클랜은 마탑의 텔레포트 마법진을 통해서 점보 던전의 드베인 왕국 측 게이트와 가까운 셀레스 시티에 도착했다.

마탑을 나오자 기다리는 이들이 있었다.

"어서 오십시오. 근위 기사단 부단장 서머셋입니다. 여러분을 게이트까지 안내하겠습니다."

잘 다듬은 콧수염이 아주 인상적인 1급 기사가 온 클랜을 반겼다. 근위 기사단의 부단장이나 되는 요인이 맞이하는 것으로 봐서 드베인 왕국이 이번 의뢰에 얼마나 기대를 하는지 알 수 있었다.

게다가 소문을 들은 것인지 서머셋을 비롯한 기사들은 나크 훈이나 제어컨의 존재를 이미 알고 있었다. 그래서 온 클랜을 용병 단체가 아니라 무도관으로 간주하고 예의를 지키고 있었다.

"온 클랜의 온입니다. 부탁드립니다."

가온은 상대가 급한 태도를 보이자 자신 역시 별다른 소개를 하지 않고 대원들과 함께 준비된 말에 올라탔다.

게이트까지 가는 동안 서머셋과 그를 수행하는 기사들은 아무런 말도 하지 않았다. 그저 전력으로 달리는 것으로 상황의 다급함을 알려 줄 뿐이었다.

1시간 후, 게이트 입구에 도착한 후에야 서머셋은 나크 훈을 필두로 다른 대원들과 인사를 나누었고 비로소 제대로 된 대화를 나눌 수 있었다.

가온은 서머셋의 브리핑에 깜짝 놀랐다.

"토벌군이 오히려 물러나고 있는 상황이라고요?"

라헨드라로부터 들은 얘기로는 공략이 지지부진하다고 했는데, 그게 아니라 밀리고 있다니.

"그렇습니다. 이제까지와 달리 변종 워베어들이 뭉쳐서 토벌군을 공격하기 시작했다고 합니다. 지금까지는 방관만 하던 보스가 적극적으로 움직이기 시작한 것으로 보입니다. 곧 우리 근위 기사단의 나머지 전력도 투입될 예정입니다."

"변종 워베어의 전투력이 검기 실력자와 비견된다고 하는데, 어떻습니까?"

아무리 강력한 변종이라고 해도 토벌군 전력을 생각하면 드베인 왕국의 정예들이 왜 이렇게까지 애를 먹는지 이해가 가질 않았다.

"성체의 경우 체고가 5미터에 달하고 트롤과 맞붙어도 밀리지 않을 정도로 강력한 공격력과 방어력을 가지고 있습니다. 게다가 지능이 높고 영악해서 매복에 기습까지 할 정도입니다. 무엇보다 던전은 광활한 수림지대라 토벌군은 전력을 제대로 활용할 수가 없습니다."

트롤과 비슷할 정도의 전투력과 방어력이라니. 그렇다면 검기 실력자도 단독으로는 변종 워베어를 처리할 수 없었다.

'너무 가볍게 생각했네.'

그럴 만하니 토벌군이 밀리는 것이다. 지금까지 가온 일행은 숲이라는 지형 때문에 토벌이 원활하게 이루어지지 않았다고 생각하고 있었는데, 진정한 이유는 따로 있었던 것이다.

그래도 정령사들과 고문들을 포함해서 새로 영입한 대원들이라면 얼마든지 사냥할 수 있었다.

문제는 기간 내에 의뢰를 완수할 수 있느냐 하는 것이다.

물론 해결책은 있었다.

'아무래도 엘프들에게 도움을 청해야겠네.'

엘프 전사장은 사냥 경험이 풍부하고 검기 사용자에 해당하니 충분히 도움이 될 것이다. 거기에 소드마스터급인 대전사장들까지 합류한다면 의뢰를 완수하는 건 문제가 없었다.

그렇게 결정을 내렸을 때 서머셋이 지도를 꺼내 들었다. 던전 내부의 지도로 상하와 좌우를 가로지르는 두 개의 선이 그어져 있었다.

"관측 마법사들이 그린 지도라서 정확도는 좀 떨어지지만 크게 틀린 부분은 없을 겁니다."

"우리는 어떤 일을 맡으면 됩니까?"

가온의 질문에 사람들의 이목이 서머셋에게 집중되었다.

"던전 내부는 거대한 원형의 수림지대로 게이트는 지도의 최남단인 이곳입니다. 그리고 보스가 있는 곳은 큰 붉은점으로 표시가 되어 있습니다."

큰 붉은 점의 위치는 2시 방향이었다.

"내부를 중심점을 기준으로 사분할 때 보스는 1사분면의 중앙 지역에 있고 토벌군은 중심점과 가까운 2사분면과 3사분면에 포진하고 있습니다. 원래 1사분면까지 진출했지만 현재는 여기까지 물러난 상태입니다."

토벌군의 위치는 5시 방향으로 던전 내부가 엄청나게 넓은 수림지대라는 점을 고려하면 보스가 있는 곳과는 꽤 멀리 떨어져 있었다.

"온 클랜은 1사분면에서 시작해서 4사분면을 거쳐 3사분면까지 이어지는 이 언덕의 이 지점에서 대기를 하고 있다가 변종 워베어를 사냥하면 됩니다."

서머셋이 가리킨 지점은 4사분면에 있었다.

"토벌군 지휘부는 보스가 보낸 변종 워베어 부대가 그곳을 통해서 3사분면에 위치한 후발대를 공격할 것으로 예측하고 있습니다."

2사분면까지 진출한 토벌군이 선발대이고 3사분면에 있는 토벌군이 후발대인 모양이다.

이 정도면 변종 워베어의 지능이 굉장히 높다는 사실을 인정해야만 했다.

"이틀 전에 워베어 본진을 벗어난 놈들은 대략 300에서 400마리 정도인 것으로 파악하고 있습니다. 만약 온 클랜이 그 일을 성공적으로 완수한다면 우리는 모든 전력을 투사해서 보스를 사냥할 예정입니다."

적의 숫자가 크게 줄어든다면 전력을 투사해서 보스 사냥을 할 수 있다는 생각이다.

"게이트 입구에서 이 지점까지 이동하는 데 얼마나 걸릴까요?"

축적이 따로 없는 지도라서 시간을 예상하기 힘들었다.

"중간에 따로 사냥을 하지 않는다고 하더라도 최소한 사흘 정도 걸릴 겁니다. 변종 워베어도 그 정도면 해당 지점 근처에 도착하게 될 겁니다."

생각보다 굉장히 먼 거리다. 물론 울창한 밀림을 통해 이동해야만 해서 이동속도가 떨어지는 것도 고려해야만 했다.

"가능하겠습니까?"

서머셋이 초조한 얼굴로 확인을 해 왔다. 이동에 걸리는 시간을 고려하면 보름 안에 변종 워베어 300여 마리를 사냥하는 것이 불가능해 보였던 것이다.

"가능할 것 같군요. 그런데 게이트를 따로 통제하는 인원이 없는 것 같은데, 맞습니까?"

"굳이 통제할 필요가 없어서 모두 공략에 참여시켰습니다. 그런데 왜 그것을 묻습니까?"

"우리 숫자가 부족해서 인연이 있는 전사 300여 명을 따로 고용했거든요."

가온의 말에 서머셋은 이제야 자신의 의문이 해결되었다는 얼굴이 되었고, 대원들은 의아한 얼굴이 되었지만 이내 그 표정을 지웠다.

"온 클랜의 전력은 제가 직접 눈으로 확인했지만 그래도 맡은 일이나 기한에 비해서 숫자가 너무 적은 것 같아서 걱정했는데, 그런 해결책을 가지고 있는 줄은 몰랐습니다. 작전을 시작할 지점까지는 우리 기사 몇 명이 안내할 겁니다."

서머셋은 전사라는 단어를 용병으로 간주한 것 같았다.

"미노스, 대원들을 이끌고 이 지점으로 가 주십시오. 저는 후발대를 끌고 가겠습니다."

가온은 미리 말을 해 둔 미노스에게 대원 인솔을 맡겼다.

"걱정하지 마십시오."

"잘하면 사흘 후에 만날 수 있을 것 같습니다."

가온은 최대한 빨리 던전 3층과 관련된 의뢰를 완수하고 5층을 공략하는 데 참여하기로 결심했다.

정보 던전 3층

가온은 혼자 셀레스 시티로 향했다. 그리고 마탑 지부에서 텔레포트 마법진을 이용해서 라티르 왕국 측 정보 던전과 가장 가까운 소르 시티로 이동했다.

미리 얘기를 해 두었기 때문에 소르 시티의 마탑 지부에는 가온을 기다리는 인물이 있었다.

"잘 오셨습니다. 저는 궁내부 2급 행정관인 아르손이라고 합니다."

아르손은 고위직인지 2급 기사 네 명이 수행을 하고 있었다.

"온 클랜의 온입니다."

"그런데 다른 일행은 없으십니까?"

"다른 볼일이 있어서 게이트 입구나 안에서 만나기로 했습니다."

가온 혼자 나타난 것에 불안한 얼굴을 숨기지 못하고 있던 아르손이 그제야 안심했다.

"게이트까지는 멉니까?"

"아닙니다. 걸어서 차 한 잔 마실 시간이면 도착합니다. 원래 대형 철광산이 있던 곳과 지척에 있어서 길도 잘 닦여 있고요."

그 얘기를 들으며 마탑 밖으로 나온 가온은 마치 멈춰 있는 것같이 사람 하나 보이지 않는 도시를 이상하게 둘러보았다.

"던전 브레이크의 전조가 보여서 최소한의 병력과 이곳에서 근무하는 마법사들을 제외하고는 모두 피신했습니다."

쓴웃음을 지은 아르손이 가온의 궁금증을 풀어 주었다.

"던전 브레이크까지는 기한이 좀 남은 거 아닙니까?"

"그렇긴 한데 던전 공략이 워낙 지지부진해서요."

라티르 왕국은 던전 브레이크까지 각오하고 있다는 얘기였다. 그 정도로 해당 던전의 공략이 어려운 것이리라.

"라티르 측 던전은 굉장히 추운 지대라고 들었는데 토벌군 상황은 어떻습니까?"

"처음에는 추위를 극복하는 것이 관건이었는데 던전에 서식하는 동물이나 화이트울프나 아이스베어 등 마수를 사냥해서 그 가죽으로 방한복을 만드는 것으로 해결을 했습니다. 다행하게도 점보 던전에 서식하는 동물과 마수의 가죽은 워낙 두껍고 질겨서 몸을 움직이는 데 약간 어려움이 있기는 하지만 극한의 추위를 막아 주었습니다."

아마 보내온 방어구가 그런 방색으로 제작한 방한복인 모양이다.

"다행이군요."

"그렇지요. 그런데 방한복을 마련하느라 너무 많은 시간을 소모하는 바람에 던전 공략률은 높지 않습니다. 게다가 보스가 서식하는 것으로 확인된 설원 지대로 향하는 유일한 길목인 벤투스 협곡에는 화이트그리핀들이 둥지를 틀고 있어서 더 이상 진군하지 못하고 있습니다."

"겔루아비스, 아니 화이트그리핀을 사냥한 경우가 없었습니까?"

원래 이름은 따로 있지만 다들 화이트그리핀이라고 부르니 가온도 그렇게 불러야만 했다.

"본국의 소드마스터 몇 분이 시험해 봤는데 비행속도나 스킬도 엄청난 수준이지만 놀랍게도 협공까지 할 정도로 지능이 높았습니다. 게다가 몸 전체에 밀생한 깃털은 검기에도 거의 손상을 받지 않았고, 길고 날카로운 부리와 발톱은 오러 블레이드에만 손상을 입을 정도입니다. 그 바람에 보스보다는 오히려 놈들이 더 문제가 되어 버렸습니다."

상대가 비행 마수이기 때문에 소드마스터들도 제대로 사냥하기 힘들다는 얘기였다.

'그런 놈들을 100마리나 잡으란 말이군.'

좀 황당했다.

그런 가온의 내심을 짐작이라도 하는 듯 아르손이 황급히 변명을 했다.

"토벌군의 소드마스터들이 놈들을 사냥하지 못한 이유는 따로 있습니다. 얼마나 감각이 예민하고 눈치가 빠른지 소드마스터들이 나서자 순식간에 도망쳐 버렸다고 하더군요."

그래야 말이 된다. 아무리 그리핀을 능가하는 마수라고 하더라도 오러 블레이드에도 멀쩡하다면 이 의뢰는 처음부터 불가능했다.

그렇게 던전 상황에 대해서 얘기를 나누며 잘 닦인 길을 통해서 산을 오르다 보니 게이트가 나타났다.

"게이트를 통제하지 않는 모양입니다."

"굳이 그럴 필요가 없어서요."

드베인 왕국과는 좀 다른 이유이겠지만 이곳 역시 군이 통제할 이유가 없었다. 특수한 방한복이 없으면 잠시도 안에 머물 수 없었던 것이다.

"얘기가 된 대로 먼저 들어가서 살펴보고 싶은데 지도가 있습니까?"

"안 그래도 드리려고 했습니다. 그리고 이것은 선수금에 해당하는 고대 유물입니다."

원래 이 의뢰를 받아들일지 여부를 정하지 않았다는 사실을 잘 알면서도 고대 유물을 먼저 준다니 뜻밖이다.

'아무래도 우리 온 클랜이 꼭 의뢰를 받아 달라고 강제하는 것 같네.'

왕국 간에 얘기가 된 것이 있으니 받아도 사용하지 않으면 상관이 없으니, 그대로 아공간 주머니를 받아서 유물을 확인했다.

고대 유물은 내심 원했던 디우스네루스는 아니었다.

'꼭 포 같은데, 뭐지?'

생김새가 꼭 바주카포처럼 생겼다.

"마력포입니다. 소모되는 마나의 양에 비해서 아주 강력한 위력을 가져서 화이트그리핀에도 통할 수 있을 것으로 보고 있습니다."

"그럼 왜 이것을 사용하지 않고……."

"마나포가 아니라 마력포라서 3서클 이상의 마법사만 사용할 수 있는데 사거리가 백 보 정도로 짧습니다."

소드마스터의 공격도 피할 수 있을 정도로 빠르게 비행하는 화이트그리핀을 상대로 이 마력포를 사용할 수 있는 전투 마법사가 없다는 얘기였다.

만약 이 마력포를 제대로 사용하려면 화이트그리핀을 유혹하는 팀은 물론 소드마스터들이 호위를 해야 마법사의 안전이 확보될 테니 활용하기가 어려울 것이다.

하지만 마검사이며 비행 아이템을 소지하고 있는 것으로 알려진 가온에게는 달랐다. 백 보 거리까지만 접근하면 사용할 수 있는 것이다.

'마나탄 스킬이 있는 나한테는 큰 효용이 없지만 다양하게 활용할 수 있는 좋은 무기군.'

목표가 화이트그리핀이라서 그렇지 다른 상황이라면 아주 유용하게 활용할 수 있을 것 같아서 욕심이 났다.

가온이 수령증에 사인을 하자 기사 한 명은 게이트 안으로 들어갔고, 아르손은 추가로 알아야 할 내용을 짧게 설명해 주었다.

"굳이 토벌군 본부에 들를 필요가 없이 이 마통기로 드마르 대장군께 던전 진입이나 작전 실행과 같은 일을 보고하면 됩니다."

안 그래도 서둘러야 하는데 그런 절차를 생략할 수 있다니 다행이다.

얼마 후 기사가 다시 나오자 아르손은 가온에게 몇 번이나 부탁한다는 말을 남기고 돌아갔다.

그들이 떠난 후 가온은 벼리로 하여금 마력포를 살피게 하고 자신은 지도를 살펴보았다.

지도에 나온 던전 3층은 바다 한가운데 떠 있는 섬 지형이었다. 그리고 게이트 입구는 섬의 동남쪽으로 화이트그리핀이 서식하는 협곡은 북서쪽에 있었는데 거리가 꽤 멀었다.

'서둘러야겠네.'

일단 화이트그리핀을 사냥해 봐야만 했다. 그래야 이 의뢰를 받아들일지 결정할 수 있으니 말이다.

'벼리야, 어떻게 사용하는지 알겠어?'

—네. 어렵지 않아요. 지구의 대전차 휴대용 무기와 비슷해요. 구경이 작고 마력을 주입하면 증폭되는 마법진이 새겨져 있다는 점과 해당 마법진을 활성화하는 데 상급 마정석이 필요하다는 것, 그리고 한 번에 대략 100 정도의 마력이 필요하다는 것만 빼면요.

그 정도면 가장 마력이 많은 마론도 몇 번은 사용할 수 있을 것이다.

'기대했던 것만큼은 아니지만 그래도 좋은 무기를 얻었네.'

물론 화이트그리핀을 사냥할 때 이 마력포를 사용할 생각은 없었다.

게이트 안쪽으로 진입하자 곧바로 엄청난 추위가 느껴졌다. 거기에 바람까지 거세게 불고 있어서 순식간에 체온이 크게 낮아졌다.

'파르!'

가온이 파르를 꺼내면서 미리 구상해 두었던 이미지를 강하게 떠올렸다.

'역시!'

파르가 미세한 공기층을 사이에 두고 피부에 밀착되는 형태로 바뀌면서 추위가 사라졌다.

추위만 사라진 것이 아니다. 차가운 공기가 콧속으로 들어오면서 파르의 일부가 변한 일종의 여과장치를 거치면서 온도가 올라가서 숨을 쉬는 데 전혀 지장이 없었다.

생각한 대로 이 던전의 최대 난점인 추위를 극복한 가온은 곧바로 투명날개를 장착한 후 하늘로 날아올라서 던전을 살펴보았다.

'섬의 형태가 맞네.'

바다인지 호수인지는 알 수 없지만 거대한 땅이 물로 둘러싸인 지형이었다. 그리고 그 땅의 절반 이상은 눈이나 얼음에 덮여 있었다.

던전의 결계인 반투명한 막과 가까운 높은 곳으로 올라가자 섬이 한눈에 들어왔는데 토벌군의 위치까지 볼 수 있었다.

'대체 이 던전에 서식하는 생물은 뭘 먹고 사는 거지?'

그런 생각을 하면서 고도를 낮추어 넓게 선회하면서 아래쪽을 살펴보던 가온이 고개를 끄덕였다.

숲과 녹지가 군데군데 있었는데 다 합치면 생각보다 꽤 넓은 면적이었다. 토벌군들이 주둔하고 있는 숙영지들도 그런

숲이나 초지에 세워져 있었다.

아르손이 말한 벤투스 협곡도 금방 찾을 수 있었다.

가온은 시간을 끌 필요가 없이 바로 그곳으로 날아갔다.

토벌군은 벤투스 협곡과 도보로 반나절 거리에 있는 분지에 숙영지를 세운 상태였다.

사실 분지라기보다는 그냥 움푹 들어간 낮은 지대였지만 그것만으로도 숙영지의 토벌군은 강한 한기를 머금고 있는 바람의 영향을 어느 정도 피할 수 있었다.

숙영지 중앙의 거대한 막사는 이곳에서 사냥한 거대 코끼리의 뼈로 기둥을 세우고 스노우오크의 가죽을 이어붙인 천을 두르고 있었다.

그 안에는 토벌군의 수뇌부가 세 개의 난로를 중심으로 앉아 있었다.

"왜 아직 연락이 안 오지?"

"비행 아이템을 가지고 있다고 들었는데 벌써 둘러보고 의뢰가 불가능하다고 판단한 건가?"

"그들의 능력이 소문의 절반만 되어도 시도해 보지 않을까요?"

"그런데 정말 그들이 협곡의 화이트그리핀을 사냥할 수 있을까요?"

"수는 적어도 소드마스터만 여섯 명 이상이라는데 가능하지 않을까?"

수뇌부가 연락을 기다리는 대상은 가온이었다. 1시간 전에 온 클랜의 온 대장이 던전에 도착했음을 알려 온 것이다.

정기적으로 바깥과 소통하고 있는 수뇌부도 아그레시아 왕국에서 활동해 온 온 클랜에 대한 소문은 꾸준히 들어왔다. 다만 다른 소문이 그렇듯 크게 과장되었다고 생각했을 뿐이다.

그런데 며칠 전에 던전 밖에서 전해진 소식에 도저히 넘을 수 없는 장애물에 좌절하고 있던 라티르 왕국 토벌군의 수뇌부는 강한 흥미와 함께 기대감을 품게 되었다.

온 클랜은 단순한 용병대가 아니며 소드마스터만 최소 여섯 명 이상이 포함된 소수 정예의 검술관이며, 아그레시아 왕국이 맡은 1층을 클리어하는 데 결정적인 활약을 했다는 소식이었다.

게다가 그들의 행사는 직접 지켜보지 않은 이들에게는 과장된 소문이라고 생각할 만큼 기기묘묘해서 뛰어난 전술가가 동행하고 있음을 짐작할 수 있었다.

그렇게 수뇌부들이 불신과 기대가 교차하는 가운데 얘기를 나누고 있을 때 한 인물이 손에 쥐고 있는 마통기가 거세게 떨렸다.

"조용!"

낮지만 마나가 담겨 있는 목소리에 좌중이 순식간에 조용해졌다.

"난 토벌군 사령관 드마르다. 그쪽은 누군가?"

-이렇게 마통기로 인사를 드리게 되어 유감입니다. 저는 온 클랜의 클랜장 온 훈입니다.

"오! 그대가 바로 온 훈이군. 왕실과 게이트 기지에서 미리 연락은 받았네. 벌써 던전을 둘러보았나?"

풍채가 당당하며 은발과 은미에 붉은 기가 도는 얼굴의 드마르는 마치 눈앞에 가온이 있는 듯 미소를 지으며 말했다.

-그렇습니다.

"듣기론 화이트그리핀을 사냥할 수 있을지 여부를 확인하고 의뢰를 수락할지를 결정한다고 했는데, 어떤가?"

확인해 봤냐는 말이었다.

-그 부분은 일단 화이트그리핀을 사냥해 본 후에 말씀드리겠습니다. 먼저 인사를 드려야 할 것 같아서 연락을 취한 겁니다.

"그렇군. 자네가 소지하고 있다는 비행 아이템에 마력포를 사용하면 충분히 사냥할 수 있을 걸세."

드마르는 가온에게 사냥 방법까지 가르쳐 주었다. 그만큼 기대하는 바가 큰 것이다.

-알겠습니다. 혹시 그 밖에 화이트그리핀에 대해 유념해야 할 것이 있다면 말씀해 주십시오.

"흠. 제대로 된 형상을 갖추지 못하는 오러는 충분히 견딜 수 있는 부리와 발톱을 조심하게 그리고 놀라울 정도로 감각이 예민하며 비행 속도가 빠른 것도. 아! 특히 피어를 조심하게. 공기를 통해 전해지는 초저주파는 몸을 일시적으로 굳게 만들기 때문에 비행 중이라면 자칫 추락할 수도 있네. 그리고 화이트그리핀 무리 중 몇 마리는 냉기 브레스를 사용하는데 직격당하면 얼음덩어리를 변해 버리네.”

─조언 감사합니다. 일단 사냥을 시도해 보고 다시 연락드리겠습니다.

통신을 마친 드마르는 느낌이 좋다고 생각했다.

'목소리에 불과하지만 단단한 의지와 자신감이 느껴지는군. 20대 후반으로 알려졌는데 설마 나보다 윗줄은 아니겠지?'

아그레시아 왕국 측에서 전해 온 정보에 의하면 고문이라는 여섯 명이 모두 소드마스터로 확인되었다.

그중 두 명은 2급 기사로 은퇴를 했고 나머지 네 명은 S급 용병 출신이었다.

설마 소드마스터들이 검기 완숙자를 대장으로 모시지는 않을 테니 클랜장은 틀림없이 소드마스터일 것 같은데, 경지가 참으로 궁금했다.

역사적으로 20대에 소드마스터가 된 이는 몇 명 있지만 모두 입문 경지에 불과했기 때문이다.

'아무튼 기대를 해 봐야겠군.'

자신이 요청한 대로 화이트그리핀에게 유의미한 피해를 줄 수 있는 마력포까지 왕실에서 내놓았으니, 잘만 풀린다면 두 달이 넘도록 토벌군의 발길을 붙잡고 있었던 화이트그리핀을 제대로 사냥할 수 있을 것이다.

가온은 은신 스킬을 펼친 상태로 협곡으로 접근했다.

협곡 양쪽은 깎아지른 듯 솟아 있는 절벽이었는데 오른쪽의 경우 신이 거대한 검으로 자른 듯 매끈해서 원숭이도 오르지 못할 것 같았다.

반면 왼쪽의 경우 곳곳에 균열도 보였고 튀어나온 부분도 있어서 절벽 꼭대기가 화이트그리핀의 둥지가 아니라면 윗부분에 둥지가 있을 가능성이 아주 높았다.

'그나저나 내가 본 중에 가장 깊고 높은 협곡이네.'

폭은 대략 50에서 100미터였고 서로 붙으려는 듯 위로 갈수록 안쪽으로 서 있는 양쪽의 절벽은 높이가 족히 2킬로미터에 달해서 아래쪽에서 보면 하늘이 거의 보이지 않아서 컴컴했다.

협곡 위로 오르는 건 쉽지 않아 보였다. 협곡 입구부터 수직에 가까운 절벽이 솟아올라 있었다.

무엇보다 협곡의 윗부분에는 화이트그리핀이 서식하고 있어서 인간을 포함한 동물의 접근을 쉽게 감지할 수 있었다.

하지만 그런 화이트그리핀도 가온의 접근은 감지하지 못했다. 놈들은 시력은 뛰어나지만 후각은 평범했다.

왼쪽 절벽의 가파른 경사면을 따라 위로 날아오르던 가온은 꼭대기 근처에서 동굴이라고 불러도 무방한 커다란 바위틈과 그곳에 앉아 있는 화이트그리핀 한 마리를 볼 수 있었다.

'몸집이 어마어마하군.'

어나더 문두스를 시작하고 얼마 지나지 않아서 습지대에서 공격을 가해 왔다가 독에 당해서 죽은 그리핀과는 차원이 달랐다.

'확실히 그리핀이 아니라 다른 종이네.'

날개를 접은 상태임에도 불구하고 체고는 대략 5미터에 이르는 거대한 몸집을 가지고 있었다. 조류에게는 어울리지 않는 꼬리가 길게 나와 있어서 변종 그리핀으로 판단한 것 같은데 가까이에서 본 녀석은 거대 조류였다.

조류이기는 한데 날개를 활짝 펴면 와이번보다 훨씬 더 클 것 같았고 길고 날카로운 부리와 발톱은 바위도 부술 것 같았다.

실제로 놈이 사냥해 온 것으로 보이는 거대 마수의 것으로 보이는 뼈는 모두 바스러져 있었다.

거기에 몸 전체를 감싸고 있는 긴 깃털은 끝부분이 유난히 날카로워서 마치 화살처럼 보였다.

'설마 위급할 때 깃털을 발출하는 것은 아니겠지?'

아무튼 외형만으로도 극도로 위험하다는 사실을 짐작할 수 있는 이 괴조는 조는 것인지 자는 것인지는 알 수 없지만 꼼짝도 하지 않고 있었다.

혹시 몰라서 심안 스킬을 펼쳤다. 상시 발동되는 매의 눈으로는 놈의 급소가 나타나지 않았다.

'뇌와 심장 두 군데네.'

뇌는 두개골과 짧은 깃털로, 심장은 빽빽하고 긴 깃털들로 덮여 있는데 과연 마나탄이 통할지 모르겠다.

가온은 화기를 이용해서 마나탄을 꾸벅거리는 머리와 심장을 향해 연달아 발사했다.

팍! 퍽!

끄아아악!

머리에 강한 타격을 받은 화이트그리핀은 잠에서 깬 것은 물론 끔찍한 고통에 비명을 질렀는데, 마나탄이 타격한 부위의 깃털은 새까맣게 타 버렸지만 두개골은 멀쩡했다.

'대가리가 얼마나 단단한 거야?'

황당했지만 실망할 필요는 없었다. 놈이 곧 힘을 잃고 쓰러진 것이다.

'마나탄이 통하네.'

틈 하나 보이지 않을 정도로 빽빽하게 돋은 긴 깃털을 태워 버리고 가죽을 뚫고 들어가서 심장에 직격한 것이다.

그때 익숙한 안내음이 전해졌다.

-이계의 거대 괴조를 서버 최초로 사냥하는 업적을 세웠습니다! 보상으로 칭호와 아이템을 획득합니다!

─레벨이 2 상승합니다!

가온은 안내음의 내용에 경악했다.

'완전히 괴물이네!'

자신의 레벨이 400이고 한 마리를 죽였는데 레벨이 2나 올랐다면 놈이 얼마나 무시무시한 괴물인지 짐작할 수 있었다.

가온은 바로 놈의 사체를 대상으로 파워드레인 스킬을 펼쳤다.

'오! 마나가 엄청나네.'

흡수되는 마나의 흐름이나 양은 생각 이상이었다.

얼마 후 스킬을 거둔 가온은 놈의 사체를 아공간에 집어넣었다.

'과연 갓상점에서는 얼마나 하려나?'

이 정도면 꽤 많은 포인트를 얻을 수 있을 거라는 생각을 하고 있을 때 갑자기 주위가 시끄러워졌다.

꾸애애액!

고막이 터질 것 같은 날카롭고 높은 음파들이 절벽 면에 부딪히면서 협곡을 가득 채웠다. 그리고 협곡이 갑자기 깜깜해졌다.

눈을 들어 보니 협곡 위쪽이 온통 화이트그리핀으로 가득했다.

그런 놈들의 시선은 정확하게 그가 있는 곳을 향하고 있었다.

'설마 날 볼 수 있는 건가?'

그건 아닐 것이다. 그의 은신 스킬은 A등급으로 진화한 상태였다.

그렇다면 죽은 놈의 비명을 듣고 몰려드는 것이리라.

그때 가장 큰 화이트그리핀이 무서운 속도로 자신을 향해 날아왔다. 순간적으로 본 놈의 동체는 오우거에 못지않았고 활짝 편 날개 길이는 대략 20미터가 넘었다.

'제기랄! 날 노리는 것이 확실해!'

아무리 변종이라도 마수 따위가 자신의 은신을 눈치챘다는 사실이 믿기지 않았지만 확실했다.

무섭도록 빠르게 날아오른 놈에게 강한 위협을 느낀 가온은 절벽을 뛰어내리려다가 포기하고 놈에게 마나탄을 날렸다.

그런데 놀랍게도 준보스급으로 보이는 화이트그리핀은 부리로 마나탄을 받아 냈다.

'이 상태로는 상대하기 힘들겠네.'

황급히 주위를 둘러보던 가온의 눈에 사냥했던 놈이 앉아 있던 곳의 뒤편에 쌓여 있던 뼈 무더기가 들어왔다.

'구멍?'

뼈 무더기 위쪽으로 제법 큰 구멍이 보였다.

가온은 화이트그리핀이 지척까지 날아왔음을 인지하고 급

하게 뼈 무더기를 향해 몸을 날렸다.

뼈 부스러기가 뒤로 밀려나면서 가온의 몸은 그 안쪽으로 들어갔다.

꽝!

구멍 안으로 들어가기가 무섭게 폭음과 함께 주변이 크게 흔들렸다.

돌아보니 입구가 막혀 있었다. 심안으로 살펴보니 입구를 막은 것은 바로 화이트그리핀의 거대한 부리였다.

'어마어마하군.'

자신이 들어온 구멍 입구는 폭과 높이가 대략 2미터 정도는 되는 것 같았는데 부리로 그것을 막은 것이니 놈의 몸이 얼마나 거대한지 짐작할 수 있었다.

'저놈이 보스가 아니라면 내가 죽인 것은 덜 자란 새끼이거나 막 독립한 개체였던 모양이네.'

그런 생각을 할 때 입구 쪽이 환해졌다. 부리가 사라진 것이다.

하지만 그게 끝이 아니었다.

꽝!

또다시 폭음과 함께 시야가 컴컴해졌다. 주위에 돌이 떨어지는 것이 느껴지는 것을 보니 놈이 부리로 입구를 부수고 있는 것이 틀림없었다.

가온은 부리를 향해 이번에는 금기로 만든 마나탄을 발사했다.

까앙!

츠즈즈즈.

높은 금속성과 함께 고막이 터질 것 같은 날카롭고 높은 초저주파가 전해지면서 몸이 잠시 굳었다.

물론 순식간에 경직을 풀었지만 가온은 기대했던 마나탄으로 부리를 부수지 못했음을 깨달았다.

'두개골도 그렇지만 부리나 발톱의 강도가 어마어마하네.'

이 정도면 확실히 소드마스터 초급이 생성한 오러 블레이드로도 부리나 발톱은 부수거나 깨뜨리지 못할 것이다.

입구 쪽이 또다시 환해지는 것으로 봐서는 공격하던 놈이 물러난 것 같은데 금방 다시 시야가 어두워졌다. 부리 공격을 감행한 것이다.

꽝!

'이크!'

다시 폭음과 함께 강한 진동이 느껴졌고 크고 작은 돌들이 떨어지는 것과 함께 한층 넓어진 굴의 입구가 무언가로 막혔다. 빛이 들어올 때 보니 부리의 형태나 크기가 좀 다른 것으로 봐서는 다른 개체인 것 같았다.

'이러다가는 이 공간 자체가 부서질 것 같은데.'

이미 입구 쪽은 꽤나 넓어진 상태다.

계속 이렇게 공격을 받을 수는 없었다.

하지만 그렇다고 입구 밖에 포진하고 있을 괴조들을 효과적으로 공격하거나 밖으로 나가 놈들의 감각을 피해 도망치기도 힘들었다. 분명히 은신 스킬을 쓰고 있었음에도 그의 존재를 감지했으니 말이다.

'골치 아프네.'

자신도 비행 능력이 있지만 이놈들에게 댈 것은 아닐 거란 생각이 들어서 불안했다.

여차하면 힘으로 놈들을 뚫고 협곡 바닥으로 뛰어내릴 생각까지 했던 가온은 무심코 뒤쪽을 돌아보고 희색이 되었다.

'막히지 않았어!'

가온은 바로 카오스를 소환해서 안쪽을 살펴보도록 하는 동시에 자신도 서둘러 안쪽을 이동했다.

굴이라고 불러도 될 정도로 큰 구멍은 아래쪽으로 구부러지고는 있었지만 확실하게 안으로 이어지고 있었다.

이런 절벽에 이 정도 크기의 굴을 뚫을 수 있는 인간은 없을 테니 자연적으로 생성되었을 텐데 참으로 신비한 일이었다.

'카오스!'

화이트그리핀 두 마리가 번갈아 가면서 각기 세 번씩 입구를 부수었을 때 카오스의 의념이 전해졌다.

-안쪽에 커다란 공동이 있어!

가온은 속도를 높여 안쪽으로 이동했다. 나이트 비전 스킬

예지몽으로
히든랭커

을 발동시켰기 때문에 시야에는 아무 장애도 없었다.

구불구불한 굴을 따라 아래쪽으로 한참 내려갔다고 생각했을 때 카오스가 말한 공동이 나타났다.

'대체 누가 이런 거대한 공동을 만든 거지?'

벽이나 천장의 경우 제대로 마무리가 되지 않았지만 매끈한 바닥을 보아서는 분명히 인간의 손이 닿은 인공적인 공간이었다.

대체 어떤 존재가 어떤 방법으로 이런 거대한 공동을 만들었을까?

그런 의문은 가온만이 가진 것이 아니었다.

─정말 대단해요!

벼리였다.

'누가 이런 공간을 만들었을까?'

─확실하지는 않지만 높은 수준의 화염 능력을 가진 것 같아요.

'화염 능력?'

─바닥이나 벽을 살펴보면 화성암이거든요. 그런데 길을 내기 위해서 부순 흔적은 없어요. 대신 고열에 녹은 흔적이 미세하게 남아 있어요. 그것으로 봐서 누군가 아주 오래전에 강력한 화염 능력이나 그와 관련된 아이템을 이용해서 이 공간과 굴들을 만든 것 같아요.

가온은 벼리의 의견을 들으며 자신이 들어온 굴 말고도 꽤 많은 굴의 입구로 추정되는 공간을 눈으로 직접 확인했다.

'카오스, 이곳과 연결되는 다른 굴이 얼마나 더 있는지 확인해 봐!'

이 공동과 자신이 들어온 굴을 누군가 만든 것이라면 여기에 그칠 리가 없었다.

예상이 맞았다.

－협곡 입구와 연결되는 큰 동굴 하나하고 화이트그리핀 둥지들과 연결되는 작은 굴들이 엄청 많아.

누군가 화이트그리핀을 사냥하려고 이 거대한 공동과 많은 굴을 만든 것 같았다.

'혹시 특별한 건 발견하지 못했어?'

만들어진 지 꽤 오래되었다니 굴을 판 당사자는 만날 수 없겠지만 뭔가 남긴 것은 있지 않을까?

－아래와 연결되는 굴 입구 쪽에 석실이 하나 있는데 그곳에 백골이 한 구 있어. 스켈레톤은 아니야.

가온은 바로 그곳으로 향했다.

석실은 상당히 컸다. 거대한 덩어리 돌로 만든 탁자도 있었고 침상도 있을 정도였다. 또한 돌로 만든 식기와 같은 도구 몇 개가 보였지만 가죽이나 천과 같은 물건은 전혀 없어 아주 오랫동안 인적이 끊긴 것 같았다.

카오스가 말한 백골은 석실 구석에 앉아 있는 상태로 발견

했는데, 죽은 후 시간이 많이 흘렀을 것 같은데도 뼈는 원형을 유지하고 있었다.

석실에는 백골을 제외하면 잔뜩 먼지가 내려앉은 팔뚝 굵기의 거무튀튀한 긴 대롱 수십 개밖에 없었다.

가온은 일단 백골을 살펴보았다. 죽은 후 얼마나 시간이 지났는지는 알 수 없지만, 낮은 기온 때문인지 뼈는 잘 보존되어 있었다.

─인간은 아니에요.

벼리가 말한 대로 백골의 주인은 인간이 아닌 것 같았다.

─아무래도 드워프 같아요.

서 있는 상태를 추정해 보면 대략 1.5미터 정도에 불과했고 두개골이 굉장히 컸으며 특히 상체의 뼈가 잘 발달해 있었다.

'대체 이곳에 왜 드워프가?'

뭐 던전이라는 공간이 다른 차원의 일부인 점을 고려하면 드워프의 존재가 이상한 것은 아니지만 너무 뜬금이 없었다.

'대체 이곳에서 무슨 일이 있었던 거지?'

카우마

그런데 백골을 유심히 살펴보던 가온의 눈에 들어온 것이 하나 있었다. 백골의 팔뼈에 새겨져 있는 붉은색 문양이 그것이었다.

'꼭 불새처럼 생겼네. 그런데 뼈에 문양을 새겼다고?'

피부라면 몰라도 뼈에 저런 문양을 새겼다는 점이 이해가 가질 않은 가온은 자신도 모르게 그 문양을 만지려고 손가락을 댔다.

그 순간이었다.

화악!

문양에서 갑자기 붉은색 광채가 방출되는 바람에 가온은 자신도 모르게 눈을 감았다. 그리고 이내 비명을 질렀다.

뭔가 자신의 몸 안으로 들어오고 있었다.

당연히 가온은 본능적으로 그것을 밖으로 밀어내려고 했다, 알 수 없는 의념이 전해 오기 전까지는.

─절대로 해치지 않아요! 제발 절 받아 주세요!

처음 접하는 의념에서 느껴지는 감정은 너무 간절해서 자신도 모르게 의지가 흐트러졌다.

'누구?'

소리가 아니라 머릿속으로 전해지는 의념으로 봐서는 일반적인 존재는 분명 아니다.

─……저도 저를 몰라요.

그 의념에는 진정성이 들어 있었다, 마치 기억을 잃은 사람이 자신의 정체를 두고 혼란스러워하는 것 같은.

'그런데 왜 내 몸으로 들어오려는 거지?'

그냥 들어오려는 것도 아니었다. 양은 그리 많지 않지만 실시간으로 그의 에너지를 흡수하고 있었다.

─뭔가 강력한 의지가 그래야 한다고 속삭였어요. 그래야 제가 존재할 수 있다고.

가온의 눈매가 좁아졌다. 자신의 정체도 알지 못하는 존재를 아무런 대비책도 없이 이런 식으로 받아들일 수 없다는 생각이 들었기 때문이다.

그런데 그런 가온의 생각을 읽기라도 한 것처럼 다급함이 느껴지는 의념이 다시 전해졌다.

-생각났어요! 전 불의 정령인 것 같아요!

불의 정령이라니! 설마 이 존재도 정령계의 정령이 아니라 자연정령인 걸까?

그러고 보니 의문의 존재가 자신에게 흡수하고 있는 에너지는 정령력이었다.

'불의 정령이라고?'

-네. 용암에서 태어나서 오랫동안 그곳에서 지내다가 어느 날 세상으로 나왔어요. 그리고 얼마 후 만난 땅딸보와 계약을 한 기억이 떠올랐어요. 맞아요! 그의 복수를 도와주면 대신 세상 구경을 시켜 주겠다고 했어요. 그런데 세상 구경은 고사하고 곧장 이곳으로 와서 땅딸보가 죽을 때까지 암석을 녹여 길을 뚫는 일만 했다고요! 억울해요!

신기하게도 의념은 갈수록 또렷해졌고 내용도 상세해졌다. 아마도 정령력을 흡수함에 따라서 원래 상태로 회복되는 모양이다.

그나저나 용암에서 태어났다면 불의 정령이 맞긴 할 것이다.

그나저나 땅딸보라고 표현하는 것으로 봐서는 드워프가 맞는 것 같은데 대체 무슨 사연일까?

그게 궁금했지만 지금 신경을 쓸 건 따로 있었다.

'그래서 나와 계약을 하고 싶은 거야?'

-계약? 아! 맞아요! 계약을 맺어야 해요! 저 혼자서는 돌

아다닐 수가 없거든요.

　말하는 것으로 봐서는 아직 어린 정령 같았다. 아니, 자신과 계약한 정령들만 보더라도 자연정령은 자신이 태어난 곳을 멀리 벗어날 수 없을 것 같았다.

　'계약 조건은 네가 말했던 그 땅딸보와 같은 거야?'

　―넷! 세상이 너무 궁금해요!

　'그런데 네 능력은 화염을 방출하는 거야?'

　―화염도 가능하지만 본질은 고열을 다루는 거예요.

　불과 열과는 불가분의 관계이기는 하지만 본인이 암석을 녹일 정도의 고열과 관련된 능력을 가지고 있다니 가온으로서는 손해 볼 일은 없었다. 조건도 그렇고.

　'좋아! 계약하자.'

　―우아아아! 정말 좋아요! 예전 일이 바로 생각나지 않을 정도로 너무나 오랫동안 자야만 했거든요.

　'그럼 어떤 식으로 계약을 하면 되지?'

　먼저 자신의 몸속으로 들어오는 것으로 봐서는 특별한 의식이 필요했던 카오스 등 다른 정령들과는 다를 것 같았다.

　―제게 이름을 붙여 주시면 돼요. 간단하죠. 땅딸보가 지어 준 이름은 사실 마음에 들지 않았어요. '복수의 불꽃'이라니!

　가온은 순간 피식 웃었다. 자신의 생각만 고려한 작명이었던 것이다.

'카우마, 우리 세상의 고대 언어로 열이라는 뜻이야.'

―카우마? 흐응. 마음에 들어요!

'마음에 든다니 다행이네. 그런데 계약은 이걸로 끝이야?'

―아니에요. 계약자의 뼈에 동화되어야만 해요. 어디가 좋아요?

'어디건 상관은 없는데 안와골은 어때?'

―안, 안와골이 어딘데요?

안와골은 눈을 둘러싸고 있는 뼈인데 가온은 순간적으로 눈을 통해서 고열을 방사하면 어떨까 하는 생각을 했던 것이다.

'아니야. 네가 익숙한 곳이 팔뚝 뼈지?'

―네.

'카우마만 좋다면 그곳에 자리를 잡아도 돼.'

―알겠어요.

'그런데 카우마의 능력은 고열을 방사하는 거야?'

―고열을 방출할 수도 있고 열을 흡수하거나 막을 수도 있어요.

열과 관련된 어려움은 겪어 보지 않았지만 고열 능력을 가진 카우마와 함께하는 건 나쁠 것 같지 않았다.

얼마 후 카우마는 오른쪽 팔뚝 뼈에 자리를 잡았다.

―어멋! 저 말고도 계약자와 계약한 정령들이 더 있었어요?

카우마는 확실한 여성성을 가진 정령으로 소환되어 있는 녹스와 카오스의 존재를 감지했다.

'그래. 다섯, 아니 여섯이니까 서로 잘 지내. 네가 막내니까.'

－와아! 저와 같은 존재를 만나는 건 처음이에요! 너무 신나요!

아무래도 텐션이 좀 높은 정령과 계약을 한 것 같았다.

'그런데 카우마가 전에 계약한 드워프는 왜 이런 굴을 판 거야?'

－드워프? 아! 땅딸보를 말하는군요. 거대한 하얀 새들이 원래 이곳에 살고 있던 자신의 일족을 모조리 잡아먹었다고 했어요. 그래서 복수를 해야 한다고요.

그렇다면 카우마의 능력을 이용해서 수많은 굴을 만든 것을 이해할 수 있었다.

'그런데 왜 복수를 하지 않은 거지?'

－땅딸보의 능력으로는 겨우 스무 마리밖에 사냥하지 못했어요. 오히려 음파 공격에 당해서 심각한 내상을 입었거든요.

'스무 마리나 사냥을 했다고?'

아무리 둥지와 연결이 되는 굴을 몰래 팠다고 하더라도 직접 상대해 본 화이트그리핀은 쉽게 죽일 수 없는 존재였다.

－땅딸보는 거대한 흰 새들이 잠이 들었을 때 그들 일족이

만든 무기와 제 능력을 이용해서 한 마리씩 죽였는데, 마지막에는 오히려 놈들이 기다리고 있었어요. 몸을 굳게 만드는 음파 공격과 더불어 냉기를 뿜는 바람에 깊은 내상을 입은 땅딸보는 겨우 이곳까지 도망치기는 했지만 결국 죽어 버렸어요.

카우마의 얘기를 통해서 대강의 상황은 이해한 가온의 시선이 먼지를 뒤집어쓴 대롱과 같은 물건으로 향했다.

'저것이 드워프가 사용한 무기야?'

—맞아요. 마나를 주입해서 발사하는 방식으로 거대한 새를 죽였어요.

카우마의 설명을 들은 가온은 바로 하나를 집어 들었다.

두껍게 내려앉은 먼지를 털어 내자 길이가 1.5미터에 지름이 10센티미터 정도인 구멍이 있는 포와 비슷한 외형이 드러났는데, 손잡이가 있는 부분은 혹처럼 튀어나와 있었다.

'설마 마나포?'

생각해 보니 마력포와 외형이 비슷했다.

—맞아요, 오빠! 구조나 상급 마정석이 필요한 점 그리고 마나를 증폭시키는 마법진이 새겨진 것으로 보아 얼마 전에 오빠가 받은 마력포와 비슷한 무기예요. 거기에 시간의 흐름을 견딜 정도의 강력한 마법 등 몇 가지 마법이 인챈트되어 있는 상태예요.

정답은 벼리가 확인해 주었다.

가온은 마나포 하나를 집어 들고 두껍게 쌓인 먼지를 제거한 후 마나를 주입해 보았다.

위이잉!

오랜 세월 동안 방치되었던 마나포가 반갑다는 듯 진동을 하더니 손잡이의 바로 앞부분에 튀어나온 혹 부위가 푸르게 빛나기 시작했다.

'상급 마정석이 방전되지 않아서 다행이네.'

마나를 더 주입하자 혹 부위가 푸른색으로 변하더니 더 이상 색이 변하지 않았다.

'마나가 모두 충전된 상태라는 거군.'

포의 입구를 30미터 떨어진 벽으로 향하고 손가락이 걸려 있는 방아쇠를 당겼다.

슈우욱!

포신에서 짙은 푸른색의 유형화된 오러 덩어리가 눈이 좇지 못할 정도로 빠르게 튀어나갔다. 그리고 그 오러 덩어리는 단단한 암벽을 뚫고 포신의 구경과 동일한 크기의 구멍을 만들었다.

─오빠, 위력이 아주 대단해요! 벽을 20미터나 뚫고 들어갔어요!

벼리가 흥분할 정도로 위력이 강력했다.

'내 마나탄과 비교하면 어때?'

─위력은 3할 정도 떨어지지만 이건 스킬이 없더라도 사용

할 수 있잖아요. 크기도 크고요.

맞다. 그 점을 놓치고 있었다. 이 마나포를 사용하면 다른 대원들도 마나탄을 사용할 수 있게 되는 것이다.

'한 번에 마나는 얼마나 소모되는 거지?'

ㅡ굳이 수치화시키면 대략 100 정도예요.

마력포에 필요한 마력과 비슷한 수치였다.

어쩌면 고대의 어느 한 때 이런 마나포와 마력포를 주력 무기로 사용하는 문명이 존재했을 거란 생각이 들었다.

'혹시 우리 대원들의 마나 보유량을 알고 있어?'

ㅡ몇 명은요. 얼마 전에 소드마스터가 된 오빠 스승님의 경우 약 5천 정도예요.

그 얘기는 자신의 마나 보유량이 얼마나 엄청난 것인지 말해 준다.

'랄프는?'

이 마나포의 유일한 단점은 무겁다는 것이다. 대략 50킬로그램 정도 되는 것 같았다.

ㅡ450 정도예요.

생각보다는 낮았지만 그래도 네 발을 쏠 수 있다.

'오케이!'

좋은 무기를 얻었다. 급소를 제대로 노리면 한 방에 화이트그리핀을 죽일 수 있는 마나탄의 위력을 생각하면 랄프처럼 전투력이 낮은 대원들의 경우 위급한 상황에서 충분히 활용할 가치가 있었다.

이제 하나만 더 확인하면 된다.

'카우마, 내가 볼 수 있게 현신할 수 있어?'

–예전에는 가능했는데 너무 오래 잠들었기 때문에 지금은 안 돼요.

그럼 시간이 흐르면 가능하다는 얘기였다.

현신하는 데 정령력이 더 필요하면 얼마든지 줄 의향이 있었는데 더 이상은 필요하지 않은지 카우마는 그의 정령력을 흡수하지 않고 있었다.

'어떤 모습일지 정말 궁금하네.'

–호호호. 기대해도 될 거예요.

'그런데 네 능력인 고열은 어떻게 사용하지? 지금 당장 사용할 수 있니?'

–길게는 안 되지만 쓸 수는 있어요. 제가 깃든 오른손을 목표를 향해 뻗고 고열이 닿은 범위를 강하게 떠올려 주시면 제가 나머지는 알아서 할게요.

'그럼 지금도 저런 굴을 뚫을 수 있어?'

–당연하죠. 온도를 제어하는 건 어렵지만 그 정도는 충분해요.

'다행이네. 일단 좀 쉬고 있어.'

–알겠어요. 일단 쉬면서 힘을 축적하고 있을 테니까 언제든 불러 주세요.

좋은 무기까지 얻었으니 이제 본격적으로 사냥을 시작해야만 했다.

가온은 자신이 나온 굴과 가장 가까운 굴을 택했다.

그런데 굴 입구까지 도착했지만 나이트 비전을 활성화시킨 상태에서도 앞은 깜깜했다.

'벌써 밤이 된 건가?'

그럴 리가 없다. 시간을 확인한 건 아니지만 마나탄으로 화이트그리핀을 사냥한 건 대략 3시 정도였던 것이다.

결국 심안을 발동한 가온은 고개를 끄덕였다. 이유를 알았던 것이다.

'몸으로 굴의 입구를 막은 거네.'

몸집이 엄청났기에 벌어진 일이었다.

'이러면 나야 더 쉽지.'

가온은 심장이 있는 위치를 확인하고 이번에는 화기를 주입해서 마나탄을 발사했다.

가벼운 소음과 함께 화기로 이루어진 마나탄은 몇 겹의 깃털과 질긴 가죽을 뚫고 결국 심장을 직격했다.

푸스스.

거대한 심장은 순식간에 강렬한 화기에 타 버렸고 화이트그리핀은 미약한 신음만 내뱉었을 뿐 절명했다.

가온은 이번에도 재빨리 파워드레인 스킬로 마나를 흡수

하고 사체를 곧바로 아공간에 집어넣었다.

마나탄을 발사하고 파워드레인 스킬을 마칠 때까지 대략 3분 정도 걸린 것 같았다.

이번에도 안내음이 들려왔다. 하지만 이번에는 보상은 따로 없었고, 레벨도 1밖에 오르지 않았다.

이전과 달리 이번에는 조용했기에 고개를 갸우뚱했던 가온은 고막을 찢을 것 같은 강렬한 음파를 감지했다.

굴 밖으로 잠깐 나온 가온은 이번에도 화이트그리핀들이 자신이 있는 쪽으로 날아오고 몇 마리는 초저주파를 방출했다.

'이래서는 사냥하는 데 너무 오래 걸리겠는걸.'

어떻게 된 건지는 알 수 없지만 놈들은 동료에게 발생한 불상사를 약간의 시간 차이를 두고 알아차릴 수 있는 능력을 가지고 있었다.

'그래서 드워프가 카우마를 이용해서 이런 굴을 파서 각개 격파하려고 했겠지.'

하지만 시간이 별로 없는 가온에게는 좋은 사냥법이 아니다. 자칫 놈들이 잠시 둥지를 떠나 새로운 곳으로 이동할 수도 있고 드워프의 경우처럼 미리 방비하고 기습을 가할 수도 있었다.

무엇보다 공동과 연결된 굴이 꽤 길어서 한 곳을 사냥한 후 다음 굴까지 이동하는 데 걸리는 시간도 무시할 수 없었다.

그래도 어쩔 수 없었다. 이 방법이 현재로서는 가장 효율적이니 말이다.

'아니지.'

순간 퍼뜩 떠오르는 생각이 있었다.

일단 다시 굴 안으로 피신한 가온은 카우마에게 한 가지 가능성을 타진했고 그녀로부터 희망적인 답변을 들을 수 있었다.

공동을 기점으로 별개로 뚫려 있던 굴들을 카우마가 하나로 이어 버렸다. 절벽 면에서 대략 20미터 떨어진 안쪽을 잇는 새로운 긴 굴을 뚫어 버린 것이다.

'카우마, 너 정말 대단하다!'

가온은 정말 카우마의 능력에 '미쳤다!'라는 생각을 수없이 했다. 자신의 정령력을 빌려주기는 했지만 거대한 암반을 고열로 촛농처럼 녹여 버리며 굴을 만드는 모습은 그 정도로 비현실적이었다.

물론 시간은 꽤 걸렸다. 벌써 바깥은 어둠이 깔리고 있으니 말이다.

하지만 카우마가 만든 새로운 굴의 길이는 무려 14킬로미

터에 달했다. 서너 시간 만에 단단한 암반에 폭과 높이가 2
미터에 이르는 길고 긴 굴을 만든 것이다.

'수고했어, 카우마. 능력이 대단하네!'

─호호호. 오랫동안 잠들어서 힘이 많이 빠진 상태라는 것
을 감안해 주세요.

자랑이 아니라면 정말 카우마의 능력은 대박이다.

'아! 그런데 혹시 화이트그리핀의 활동 시간을 알고 있니?'

─보통 아침과 오후에 한 번씩 사냥을 하고 나머지는 둥지
에서 보내요.

'주로 뭘 사냥해?'

─제가 잠들기 전이 기준이기는 한데 이곳에서 자라는 풀
은 영양분이 풍부한지 생각보다 많은 생물이 서식하고 있어
요. 설치류부터 시작해서 특히 희고 긴 털로 덮인 큰 소와 큰
뿔을 가진 거대한 사슴이 아주 많아요. 마수 중에서는 눈이
나 얼음 위에서도 빨리 달릴 수 있는 몇 종류의 울프들이 꽤
넓은 영역을 가지고 사냥을 해요. 그리고 희거나 회색 털을
가진 고블린, 오크, 트롤, 오우거와 같은 몬스터들도 있고
요. 그것들이 모두 화이트그리핀의 먹이예요.

오우거까지 사냥하는 놈들이라면 비행이 불가능한 인간들
이 사냥할 가능성은 거의 없었다.

'먹잇감이 풍부한 것에 비하면 숫자가 좀 적은데 무슨 이
유라도 있어?'

－그건 저도 잘 모르겠어요.

뭐 대답을 기대한 것은 아니다. 아마도 번식이 쉽지 않거나 다른 둥지들도 있을 것이다.

아무튼 놈들이 저녁 이후에는 사냥을 하지 않는다니 밤새 괴롭혀 줘야겠다.

카우마가 새로 뚫은 굴을 통해 또 다른 화이트그리핀 둥지로 접근한 가온은 놈이 부리로 깃털을 고르는 모습을 보고 미리 구상한 작전을 위해서 녹스를 소환했다.

'수면독 있지?'

－당연하지.

'그럼 당장 써 봐.'

녹스가 놈의 머리 근처로 날아가더니 푸르스름한 가루를 뿌렸다. 그리고 얼마 후 화이트그리핀이 꾸벅꾸벅 졸기 시작하더니 이내 잠이 들었다.

－됐어.

바로 손을 쓰려던 가온은 근처에 다른 놈의 둥지가 보이자 이번에는 카오스를 소환했다.

'소리를 막아 줄 수 있어?'

－바람으로 막을 만들게.

스스스.

가온의 귀에만 들리는 미세한 소음과 함께 잠든 화이트그리핀의 둥지 주위로 바람의 막이 생성되었다.

'자! 시작해 보자!'

가온의 손가락 끝에서 화기로 만들어진 마나탄이 심장 부위를 향해 날아갔다.

푸시시시.

깃털과 고기가 타는 냄새와 함께 심장이 타 버린 화이트그리핀은 잠든 상태에서 다시는 깨어나지 못했다.

사체를 대상으로 파워드레인을 펼치고 아공간에 집어넣은 지 좀 시간이 지났지만 이번에는 화이트그리핀 무리에게서는 아무런 반응도 없었다.

'역시 생각한 대로군.'

화이트그리핀이 동료의 죽음을 알아챈 것은 바로 소음 때문이었다.

놈들은 시각과 청각이 유난히 발달해서 동족이 내는 미약한 신음이나 비명을 듣고 반응했던 것이다.

이런 방식이라면 얼마든지 놈들을 사냥할 수 있었다. 시간은 좀 걸리지만 굳이 비행 아이템을 쓸 필요도 없었다.

본격적인 화이트그리핀 사냥이 시작되었다.

녹스와 카오스의 도움을 받으니 사냥이 너무 쉬웠다.

밤이 깊어질수록 사냥은 더욱 쉬워졌다. 화이트그리핀들이 더 깊이 잠이 들었던 것이다.

뜻밖이었던 사실은 화이트그리핀 무리가 모두 잠이 드는

건 아니라는 점이었다.

네 마리가 잠을 자지 않고 협곡 아래쪽과 바깥쪽을 대상으로 감각을 높여 경계를 하고 있었다.

당연히 그런 놈들은 피했다. 사냥을 하다가 행여 소음이 발생하면 사냥이 어려워질 수 있었다.

가끔 동족에 비해서 훨씬 더 거대한 날개와 동체를 가진 놈들이 녹스나 카오스의 기척을 알아차리는 것 같았지만, 강력한 수면독을 흡입하고 있다는 사실까지는 알아차리지 못했다.

결국 시간이 좀 더 걸릴 뿐 그런 놈들도 사냥감의 신세에서 벗어나지는 못했다.

마주치고는 영민하기는 하지만 절벽 안쪽에 뚫린 굴을 따라 무음보 스킬을 사용해서 이동하면서 동료들을 차례로 죽이는 암살자의 기척을 알아채지는 못했다.

그렇게 꼬박 밤을 새운 가온은 무려 112마리의 화이트그리핀을 사냥했다. 그중에는 유달리 몸집이 커서 보스로 짐작되는 세 마리도 포함되어 있었다.

남은 건 경계 임무를 수행하던 놈들을 포함해서 십여 마리가 고작이었는데, 동이 틀 무렵 변고를 알아차리더니 당황해서 어쩔 줄 몰라 했다.

밤사이에 무리 대부분이 아무 소리도 없이 사라져 버렸으니 공황 상태에 빠질 만도 했다.

화이트그리핀들은 뭔가 소리로 의사소통을 하는 것 같더니 얼마 후에는 멀리 날아가 버렸다.

'떠난 거겠지?'

—두려움에 가득 찬 눈빛과 불안함이 느껴지는 날갯짓을 보니 누군가 자신들을 사냥하고 있다는 사실을 알아차린 것 같아. 한동안 이곳으로 돌아올 것 같지 않아.

—나도 그렇게 생각해.

녹스와 카오스의 의견이 일치했다.

'그럼 사냥은 끝이군.'

의뢰는 이미 완수했다. 의뢰 목표는 100마리였고 협곡도 비어 버렸으니 말이다.

'아무래도 증거를 보여 줘야겠지?'

그렇게 벼리에게 묻는 가온은 안타까운 얼굴을 하고 있었다. 자신의 아공간 용량을 공개할 수 없으니 사체를 모두 가져가서 보여 줄 수 없었던 것이다.

—그래야 할 거예요. 마정석만 적출하고 협곡 바닥으로 떨어뜨리는 것이 좋을 것 같아요.

'그래야 하는데 너무 아깝네.'

탄 차원에 없는 비행 마수라서 사체를 통째로 갓상점에 올리면 꽤 많은 포인트를 벌 수 있을 것 같은데 어쩔 수 없었다.

가온은 공동으로 돌아가서 한 마리씩 꺼내어 마정석을 적출한 후 다시 집어넣기를 반복했다.

'덜 자란 놈들도 상급 마정석을 가지고 있다니 굉장한 놈들이기는 하구나.'

나머지는 모두 등급 외의 마정석을 가지고 있었다. 그 정도로 대단한 비행 마수였다.

카우마를 만나지 못했다면, 녹스나 카오스의 능력이 아니었다면 사실 불가능한 의뢰였다.

아무튼 밤새 고생하기는 했지만 단번에 200만 골드와 마력포 그리고 신의 활이라는 고대 유물이 걸린 의뢰를 해결했으니 무척 뿌듯했다.

'이건 정말 나만이 할 수 있는 의뢰였어.'

새삼 올라운더인 자신의 능력에 자부심이 느낄 수 있었다.

보스급을 포함해서 32마리를 뺀 나머지 화이트그리핀의 사체에서 마정석을 적출하는 작업을 끝낸 가온은 명상법부터 시작해서 마력 서클까지 운용해서 몸과 마음의 피로를 씻어 냈다.

그런 후에는 백화차를 타서 마시며 확인하지 못했던 시스템의 알림 내용을 확인했다.

'레벨이 엄청 올랐겠네.'

안내음 대부분은 레벨업을 알리는 내용이었다.

'이럴 게 아니고 상태창을 확인해야겠네.'

상태창을 확인한 가온의 눈이 커졌다.

'44나 올랐다고?'

던전을 나왔을 때 딱 400이 되었던 레벨이 444가 되어 있었다.

'이게 가능해?'

첫 사냥에서 2레벨이 올랐지만 다음에는 1레벨이 올랐고 생각보다 쉽게 사냥을 했기에 별 기대를 하지 않았기에 더욱 놀라웠다.

가온은 그게 보스급에 해당하는 세 마리를 사냥한 덕분이라고 생각했다. 그 세 놈을 제외하면 특별히 눈에 띄는 개체는 없었다.

레벨만 크게 오른 것이 아니었다. 파워드레인 스킬 덕분에 에너지 카테고리는 신성력과 뇌전기를 제외하고 꽤 큰 폭으로 올랐다.

스텟들도 적당히 올랐는데 3천을 훌쩍 넘긴 체력 다음으로 민첩이 1천을 돌파했다. 그래서인지 몸이 한결 가볍게 느껴졌다.

그 밖의 변화로는 카우마와 계약을 해서 그런지 화염 내성이 97로 올랐고 독 내성도 미약하게 올랐다.

스킬의 경우 B등급인 무음보만 1레벨이 올랐을 뿐 변화가 없었다. 마나탄이야 S등급이라서 이 정도로 사용했다고 레벨이 오르지는 않았을 것이다.

마지막으로 보상을 확인해 보았다.

'칭호가 하나에 아이템이 여덟 개네.'

칭호는 예상한 대로 '조류 학살자'로 조류로 분류가 되는 생물체를 대상으로 공격력이 2할 상승하는 효과를 가지고 있었다.

그런데 마지막으로 정말 아무런 기대도 하지 않고 확인한 아이템이 그야말로 대박이었다.

다섯 개는 마나는 물론 냉기 내성까지 높여 주는 상급 영약이었지만 세 개는 달랐다.

'어떻게 이런 아이템이!'

가온은 너무 놀라 한동안 눈만 끔뻑거렸다.

겔루아비스 보스의 진혈

등급 : 유일

상세

-진혈을 복용하면 상대의 혈액에서 피에 녹아 있는 힘을 흡수하는 능력을 얻을 수 있다.

-상대의 혈액을 5% 이상 흡수할 경우 권속으로 받아들일 수 있다.

이제까지 얻은 진혈은 거대화 스킬을 사용할 수 있는 대상들에게서 나왔다. 진혈을 복용하면 비행이 가능한 거대화된 몸으로 변할 가능성이 높다는 얘기다.

설사 거대화 스킬을 쓰지 못하더라도 겔루아비스의 힘을

흡수할 수 있으니 망설일 필요가 없었다.

진혈은 모두 세 병이었다. 보스급이라고 짐작한 세 마리에게서 나온 것이리라.

가온은 바로 진혈을 연달아 마셨다.

"크윽!"

후와나 마핀 때와는 달리 어깻죽지가 너무 아파서 자신도 모르게 고통스러운 신음이 새어 나왔다.

이 고통이 오래 가지 않는다는 것을 알기에 어떻게든 참았고 인내의 끝은 달콤했다.

'왜 이렇게 몸이 가볍지?'

마치 몸속이 텅 빈 것 같았다. 무엇보다 시력과 청력이 높아졌다.

마나를 사용하지 않았음에도 대기 중에 떠 있는 미세한 먼지를 볼 수 있는 것은 물론 한참 떨어져 있는 협곡 안에서 부는 바람 소리까지 들을 수 있었다.

가온은 바로 굴을 통해서 비어 있는 화이트그리핀 둥지로 나왔다.

"거대화!"

이전에 스킬을 썼을 때처럼 몸이 쑥쑥 커졌다.

하지만 다른 점도 있었다. 어깻죽지에서 뭔가 생소한 조직이 생성되었다.

'날개다!'

거울을 꺼내 확인한 자신의 모습은 충격적이었다.

5미터 이상으로 커진 몸을 덮을 수 있을 정도로 거대한 날개 한 쌍이 보였다.

'그래도 외모는 동일하군.'

전설에나 등장하는 조인족을 확대하면 이런 모습이지 않을까 싶은 모습이었다.

더 신기한 것도 있었다. 어떻게 해야 비행을 할 수 있는지 자연스럽게 알 수 있었던 것이다.

가온은 주저하지 않고 협곡 아래를 향해 몸을 던졌다.

하지만 그는 추락하지 않았다. 힘찬 날갯짓에 몸이 허공을 날았고 바람을 타자 순식간에 협곡 위아래로 자유롭게 날 수 있었다.

'대단하다!'

투명날개를 장착했을 때와는 좀 달랐다. 좀 더 자연스럽고 능숙한 비행이 가능했으며, 무엇보다 비행 속도가 크게 높아졌고 다양한 비행술을 구사할 수 있었다.

가온은 내친김에 이 던전의 보스가 있다고 말했던 곳으로 날아갔다. 자신이 사냥할 수 있다면 사냥할 것이고 조금이라도 위험하면 포기할 생각이었다.

다음 권으로 이어집니다

꿈의 도약, 로크에서 하십시오
(주)로크미디어에서 신인 작가를 모십니다

즐거운 세상, (주)로크미디어는 꿈을 사랑하고 도전을 두려워하지 않는 작가분들의 참신한 작품을 기다리고 있습니다. 21세기 장르 문학계를 이끌어 갈 차세대 선두 주자 (주)로크미디어에서 여러분의 나래를 활짝 펴 보시길 바랍니다.

모집 분야 판타지와 무협을 포함한 장르 문학
모집 대상 아마추어 작가, 인터넷 작가
모집 기한 수시 모집

작품 접수 시 유의 사항

1. 파일명은 작가명_작품명.hwp 형식을 갖춰 주십시오.
1. 파일에 들어갈 내용은 다음과 같습니다.
    － 성명(필명인 경우 실명을 밝혀 주세요), 연락처, 이메일 주소.
    － 제목, 기획 의도.
    － A4용지 1장 분량의 등장인물 소개.
    － A4용지 2장 분량의 전체 줄거리.
    － 본문.
1. 작품이 인터넷에 연재되고 있다면, 게시판명과 사이트의 구체적이고 정확한 주소를 기재해 주십시오.

선택된 작품은 정식 계약 후 출판물로 간행되어 전국 서점에 유통됩니다.
작가분은 (주)로크미디어의 전폭적인 지원하에 전속 작가로 활동하시게 됩니다.
※ 자세한 내용은 로크미디어 홈페이지(rokmedia.com)를 참조하세요.

(03920)서울시 마포구 성암로 330 DMC첨단산업센터 3층 318호
(주)로크미디어 편집부 신간 기획 담당자 앞
전화 : 02)3273-5135
www.rokmedia.com   이메일 : rokmedia@empas.com

변호사 윤진한

이해날 현대 판타지 장편소설

『어게인 마이 라이프』의 작가 이해날,
당신의 즐거움을 보장할
초특급 신작으로 돌아왔다!

아버지의 복수를 위해
악랄한 변호사가 되었으나 대기업에 처리당한 윤진한
로펌 입사 전으로 회귀하다!

죽음 끝에서 천재적인 두뇌를 얻은 그는
대기업의 후계자 경쟁을 이용해
원수들의 흔적마저 지우기로 결심하는데……

악마 같은 변호사가 그려 내는
두 번의 인생에 걸친 원수 파멸극!